tant de neige et si peu de pain

De la même autrice

La Dernière Sonate de l'hiver, Flammarion, 2006
L'Album de Menzel, Flammarion, 2010
Le Cahier des mots perdus, Belfond, 2013

Note de l'éditeur

Les passages en italique précédés d'un tiret sont des citations d'écrits de Marina Tsvetaeva ou de ses enfants. Une liste en est présentée à la fin de cet ouvrage.
Le poème de Pouchkine est traduit par Louis Martinez et extrait du recueil *Poésies*, Gallimard, mars 2011.
Le poème de Lermontov est traduit par Katia Granoff et extrait de l'*Anthologie de la poésie russe*, Gallimard, 1993.

www.lerouergue.com

Béatrice Wilmos

tant de neige
et si peu de pain

la brune au rouergue

Mes chers arrière-petits-enfants, amants et lecteurs dans cent ans ! Je vous parle comme si vous étiez vivants, car vous allez l'être. (La distance ne me trouble pas ! Les jambes et l'âme sont aussi promptes à la détente les unes que l'autre !)

Mes charmants arrière-petits-enfants, amants et lecteurs ! Jugez-en vous-mêmes : qui a raison ? Et du tréfonds de mon âme, je vous dis – compatissez, parce que je méritais qu'on m'aime.

Carnet de Marina, 14 mai 1920

Quand pour chaque mortel se tait le jour bruyant,
quand sur les avenues de la cité muette
la nuit étend son ombre tamisée
et que vient le sommeil, prix des labeurs diurnes,
je dois dans le silence endurer longuement
des heures de veille torturante :
le repos de la nuit avive la morsure
des remords, intimes serpents ;
ma rêverie s'affole ; mon cœur, tenaillé par le spleen,
déborde de noirs sentiments ;
le souvenir, sans un mot, à mes yeux
déroule sans fin son volume
et, relisant ma vie avec horreur,
je la maudis en frémissant
et je me plains, amer, et pleure amèrement
mais n'efface pas les lignes accablantes.

Pouchkine

Samedi saint, 28 mars 1920. Veille de Pâques. Marina note la date sur son carnet. La fenêtre dans le toit est ouverte. Déjà le soleil réchauffe le bois de la table sur laquelle elle écrit. Alia dort encore. Irina aurait eu trois ans le 13 avril prochain.

Elle a très peu pensé à elle ces derniers jours. Vivante, elle était si souvent absente que cette absence-là, celle de la mort, inéluctable, définitive, ne lui semble pas si différente. Qu'Irina fût là, dans le palais-grenier, ou à Bykovo, dans la maison de campagne de Lilia, ne changeait rien. Elle ne fut jamais pour elle une réalité. En fait, elle n'a même jamais cru qu'elle grandirait. Elle ne pensait pas à sa mort. Elle n'imaginait pas qu'elle mourrait dans l'enfance. Ce n'était pas cela, non. Simplement, c'était une créature sans avenir. Elle l'avait toujours su. Elle ne l'avait jamais aimée au présent, toujours en rêve. Elle ne la connaissait pas, ni ne la comprenait.

Elle regarde les trois photos qui ont été faites d'elle. Sur la première, prise par Lilia, elle a un petit visage rond, encadré de boucles, un immense front un peu bombé, des yeux sombres, profonds. Elle était tout juste revenue à la maison, pleine de santé et les joues rosies par le grand air après deux semaines à Bykovo. C'était au début de l'automne dernier. Il faisait encore beau à Moscou. Elle chantonnait d'une voix si juste et bouleversante les premiers mots d'une comptine, « Pipeau zoue Pipeau zoue Pipeau fus'lé Pipeau doré ». Elle caressait la tête de Marina en disant « a-i-i, a-i-i-, a-i-i », ce qui voulait dire « gentille » avait traduit Lilia. Elle souriait, d'un sourire pudique, comme embarrassé, d'un sourire si rare comme rares étaient les fois où Marina l'avait prise sur ses genoux. Elle le faisait au retour d'une longue absence qui lui avait laissé croire qu'elle allait aimer Irina. Mais l'attrait de la nouveauté passait, l'amour tiédissait. Ne demeurait plus que la stupide et étrange Irina qui ne comprenait rien à rien, la gloutonne qui salissait sa robe, qui mâchouillait son chiffon et cachait son visage dans son bras replié. – Elle se cache pour échapper à tout, elle se fait son nid, disait Nadia, la nourrice à laquelle Irina s'était attachée. Elle se nichait dans ses bras, la tête enfouie contre son épaule, abandonnant son chiffon, laissant courir ses petites mains dans son cou et sur ses joues. Nadia la serrait contre elle, soufflait sur ses yeux, faisait mine de la dévorer de baisers. Irina riait. Marina n'en éprouvait aucune jalousie. Au contraire ! L'amour que Nadia portait à Irina la dispensait, elle, de l'aimer. Elle observait de loin les gestes précis et tendres qu'elle avait pour savonner Irina, l'essuyer doucement avec la serviette et recoiffer ses beaux cheveux souples et dorés. Elle se réjouissait de n'avoir pas à le faire elle-même. Elle était incapable de cette tendresse, elle le savait. Elle lavait Irina en la brusquant et l'enfant gémissait, la tête détournée, son torse maigre et ses petits bras raidis sous l'eau froide et le linge rêche avec lequel elle la frottait. Elle détestait plus que tout la mettre sur le pot, ordonnait à Alia de le faire, voyait sa mine apeurée et dégoûtée, et se détournait.

Nadia ne couchait jamais Irina sans lui chanter une berceuse. Parfois, un petit sanglot interrompait le chant. Il se faisait un silence puis la berceuse reprenait. – Il faut lui caresser la tête, disait-elle en sortant de la chambre, sinon Irina ne s'endort pas.

Alia pose avec sa petite sœur sur les deux autres photos, prises dans le studio du photographe de la rue Bolvanovka. C'était juste après l'anniversaire des sept ans d'Alia, fêté avec une poignée de sucre candi et des crêpes de son sur lesquelles Alia avait fiché deux cierges à moitié consumés que lui avait donnés la vieille femme de l'église Boris-et-Gleb.

Est-ce vraiment ses filles, ces visages mornes, ces poses figées dans un décor artificiel ? Irina avec ses yeux comme des billes, écarquillés et d'encre noire, sa petite bouche serrée, la couronne duveteuse de ses cheveux au-dessus de son grand front, une expression d'attente et d'incompréhension dans le regard. Alia apparaît toute frêle dans une robe trop courte qui dévoile ses jambes maigres, chaussée de grosses bottines bien peu enfantines. Ses yeux cernés semblent démesurés. Ses cheveux sont coupés au bol. Sur la première photo, elle a appuyé sa tête contre celle d'Irina. Un geste de tendresse et de protection peut-être. Mais non. Alia n'aime pas vraiment Irina, elle en a un peu peur. Le photographe a dû dire – Rapprochez vos têtes mes petites, sinon vous n'entrez pas dans le cadre. Alors elle a incliné sa tête pour obéir et l'a bien vite redressée quand tout a été terminé. Sur l'autre photo, Irina est juchée sur un tabouret et Alia se tient debout à côté d'elle, un livre ouvert à la main. Le photographe a enroulé le pied du tabouret dans une étoffe qui lui donne l'aspect d'un rocher factice. Irina a ce même regard grave et interrogateur, une esquisse de sourire apeuré. Ses petites mains sont posées dans les plis de sa robe, une robe blanche toute chiffonnée. Marina avait fait tirer ces photos pour les envoyer à Serioja. Elle voulait qu'il voie combien ses filles avaient grandi. Mais elle avait renoncé. Elle ignorait où il était.

Irina, telle qu'elle l'a vue pour la dernière fois à l'orphelinat, ne ressemblait à aucune de ces photos. Elle déambulait entre les lits du dortoir, amaigrie, son cou tendu comme celui d'un oisillon, les cheveux en bataille, ses yeux sombres, immenses, vides. – Irina ! Regarde qui est venu te voir ! a crié une surveillante. Mais Irina s'est détournée, sans un sourire, et elle a continué son chemin, chancelante dans sa robe d'indienne rose raidie de crasse, un croûton de pain serré dans sa main. – *Marina ! Excusez-moi mais elle ressemble affreusement à un phoque ! Affreu-se-ment !* a dit Alia.

À qui parler d'Irina ? À personne ! Alia ne sait pas. Elle ne lui a pas dit qu'Irina était morte. Elle a repoussé dans le débarras le fauteuil où elle dormait. Alia n'a posé aucune question et elle ne paraît pas s'étonner de l'absence de sa petite sœur. Sans doute la croit-elle encore à l'orphelinat.

Marina retarde sans cesse le moment de lui dire la vérité.

À Lilia et à quelques rares amis, elle a raconté qu'Irina était morte d'une pneumonie et leur a fait comprendre qu'elle ne voulait plus aborder le sujet.

« Ne pleure pas sur moi, ô Mère, toi qui m'as mis au tombeau... » Cette prière que chantaient les Flagellantes, moniales sans monastère errant par les chemins, résonne dans sa tête. C'était à Taroussa, à la Maison des Sables, au matin du Samedi saint. Elle courait hors de son lit et se précipitait à la barrière du jardin. Les femmes se tenaient là, avec de grands rameaux de saule aux chatons gris, cueillis dans les bois. Impatiente et excitée, elle attendait qu'arrivât sa mère qui donnerait des œufs, de la farine et des fruits confits pour que les Flagellantes puissent confectionner le koulitch de Pâques. Elles la bénissaient et l'invitaient à rompre le jeûne avec elles. Sa mère refusait d'une voix sèche et l'entraînait vers la maison. Il faisait encore froid. La rivière Oka se libérait à peine de la glace. Les bancs de sable et les roseaux étaient couverts de neige. Au-dessus des champs dépouillés tournoyaient les milans.

Une première strophe jaillit.

Deux mains reposent doucement
Sur la tête du petit enfant
Elles m'étaient données
Une pour chaque tête.

La poésie comme une urgence pour attester de ce qui existe, l'arracher à l'indifférence, empêcher l'effacement. Car – *écrire, c'est vivre. C'est vouloir que quelque chose soit, et soit, peut-être, de manière éternelle. Quand ce n'est pas vivre, la main se refuse à la plume.*

Deux mains reposent doucement... Un poème rendra-t-il Irina plus vivante dans sa mémoire ? Ne pas croire à sa mort, ce n'est pas pour autant l'imaginer vivante et en bonne santé. C'est plutôt, comme les ronces du chemin tiraillent et arrachent le bas de la robe, garder accrochés à la conscience, en dépit de la volonté, la petite silhouette d'Irina recroquevillée dans le couloir de l'orphelinat de Kountsevo et le détour qu'elle a fait pour qu'elle ne la retienne pas, puisque de toute façon elle existe si peu alors qu'Alia est malade, seule dans l'immense dortoir, et pleure de rage et de peur.

Malgré les deux mains serrées
Les plus hargneuses possible
J'ai arraché aux ténèbres l'aînée
Je n'ai pu protéger l'autre !

Habillée de sa robe en laine à carreaux, Alia était allongée sous une mince couverture d'une repoussante saleté, le crâne rasé et les yeux irrités d'avoir pleuré. Elle poussa un cri de désespoir à la vue de Marina – Oh ! Marina ! Que de malheurs ! Que de malheurs ! Et sortant de sous son oreiller une mèche de ses cheveux, elle dit en sanglotant – Je l'ai gardée pour vous, en souvenir.

Dans les lits voisins, des petits gémissent ou somnolent, couchés tête-bêche, à peine couverts. Tous ont les cheveux rasés. À cause des poux, a expliqué la directrice.

Deux mains pour lisser, caresser
Les deux têtes sublimes
Deux mains et voilà qu'une
Est en trop, en une nuit !

Elle a emporté Alia loin de l'orphelinat et laissé Irina.

J'ai arraché aux ténèbres l'aînée
Je n'ai pu protéger l'autre !

Comme la mort fait peu de bruit, comme elle est simple. – *Ni tonnerre, ni éclairs, ni « ça commence !!! » Mais simplement et tout à coup : la personne ne respire plus. Sans crier gare !*

Sans crier gare ? Vraiment ?

Le jour de la mort d'Irina et peut-être même à l'heure de sa mort, un oiseau est entré dans la chambre où dormait Alia et trois petites bougies ont roulé sur le plancher. Marina y a vu un signe du destin mais elle s'est trompée sur sa signification. Pas un instant, elle n'a songé à Irina. Seule Alia occupait son esprit. L'oiseau et les trois bougies étaient signes de guérison. Elle en était d'autant plus heureuse que le 2 février, on célébrait la Présentation du Seigneur au Temple, fête aimée entre toutes. Avec Alia, qui ce matin-là, précisément, se sentait mieux, elle est allée à l'église Boris-et-Gleb pour allumer les trois petites bougies devant l'icône de la Présentation. Au retour, pleine d'une force rayonnante, elle a rangé et nettoyé le palais-grenier, lavé les rideaux, et vidé la cendre du poêle. Elle a coupé des bûchettes pour le feu et poussé contre le mur le bois mort ramassé dans les squares.

Claire et sur le cou très fin
Sur la tige légère
Je n'ai encore pas du tout compris
Que mon enfant est en terre…

Le destin l'aura flouée. L'oiseau et les petites bougies roulées au sol étaient signes de mort et non de guérison. Ils étaient là pour Irina et non pour Alia.

La nuit dernière, elle a rêvé d'elle. Vivante ! Elle est debout devant elle, dans la robe rose trop longue, et tient un croûton dans sa main. Elle est restée morte pendant deux jours, constate-t-elle dans son rêve. Sommeil léthargique. Maintenant, elle est bien vivante. Pâle et maigre certes mais encore assez vive pour attraper un croûton de pain et le grignoter en déambulant dans la chambre. – Irina ! Tu veux du lait ? Et dans la semi-conscience du réveil, ces mots prononcés à voix haute – Je savais bien qu'elle n'était pas morte !

Par la fenêtre ouverte, elle entend les notes d'un piano. Alia est réveillée. Montée sur une chaise, elle observe la course des nuages et rêveusement dit – *Marina, il y a un nuage qui passe. Peut-être est-ce la fumée du bûcher de Jeanne d'Arc ? Peut-être est-ce l'âme de votre mère ?*

– Ou celle d'Irina, murmure-t-elle et son cœur se serre quand elle pense à la trop courte vie de sa petite fille. – *Pourquoi es-tu venue sur terre ? Connaître la faim, chanter « aïe doudou aïe doudou », te balancer, essuyer des rebuffades… Étrange, incompréhensible, mystérieuse créature, étrangère à tous, avec des yeux si magnifiques ! Et une robe rose si horrible !*

Personne ne les a invitées à rompre le jeûne. Bien sûr, Marina aurait refusé. Mais l'invitation aurait été le signe qu'elles n'étaient pas totalement seules, qu'on pensait à elles dans une maison au moins. Elle-même n'a fait aucune course pour fêter Pâques. Tout est trop cher. Les œufs, la farine, les raisins secs, la paskha… Le café a encore augmenté.

Est-ce possible un jour de Pâques sans la paskha, sans le koulitch, sans amour, dans une solitude totale ?

Chez les autres, elle en est sûre, le téléphone sonne, les visiteurs frappent à la porte. On entre, on sort. Il y a du thé chaud et des craquelins, peut-être même des fruits. N'en arrive-t-il pas de temps en temps de Crimée ? – *La vie va, tout le monde est au cœur de quelque chose. Alia et moi, nous sommes en dehors de la vie, des parias.*

Que faire d'autre qu'écrire ? Elles pourraient aller se promener mais elle n'en a pas le courage malgré le soleil et l'air léger de ce début de printemps. Elle n'a pas plus envie d'aller voir des amis. Pourquoi aller quémander leur présence quand, elle en est sûre, ils n'éprouvent pour elle que de la pitié ? « Son enfant est mort, et son mari combat au loin, et Alia qui est si maigre... »

La journée est finie et nul coup frappé à la porte n'a rompu leur solitude et le silence du palais-grenier. Lassitude, tristesse, abandon... Il lui semble que son âme en est submergée, et c'est à peine si elle supporte la vision d'Alia, perdue dans le grand lit, ses yeux marqués de bistre fixés sur le plafond, immobile, rêvant certainement à d'étranges fantaisies. Elles ne fêteront pas Pâques. – *Alia ! Quand on est aussi abandonné de tous que nous le sommes, toi et moi, inutile d'aller importuner Dieu ! Nous irons nous coucher comme des chiens ! – Oui, oui, bien sûr ma gentille Marina ! Des comme nous, Dieu doit les visiter lui-même ! Car nous sommes des mendiants timides, pas vrai ? Et qui ne veulent pas gâcher sa fête.*

Un pas dans l'escalier, venu du premier étage. La voisine, Elizaveta Goldman, frappe à la porte. Elle tend un petit morceau de beurre enveloppé dans une gaze. Puis c'est au tour de la femme du cordonnier Grandski, arrivée de la maison d'à côté, d'offrir un grand bol de soupe.

Comme il suffit de peu pour retrouver le goût de se lever et d'aller quelque part ! Peu importe où. De remercier. Peu importe qui. La vie, Dieu, le hasard, les bolcheviques mêmes qui, à force de la dépouiller de tout, lui ont appris à s'émerveiller d'un rien.

L'heure de l'office des matines a été fixée à deux heures trente dans la nuit, a dit la femme du cordonnier. Marina et Alia iront toutes les deux à la cathédrale du Saint Sauveur. – *Marina ! Je vous l'avais bien dit que Dieu viendrait nous chercher !*

Il n'est pas impossible qu'on les aime après tout. À Bykovo, Lilia ne les oublie pas, ni Assia, là-bas en Crimée, dont Marina est sans nouvelles depuis si longtemps – deux sœurs inséparables pourtant, éloignées maintenant l'une de l'autre, avec entre elles l'immensité de la Russie en guerre, comme une infranchissable muraille. Et quelque part, s'il est vivant, Serioja pense sûrement à elles.

Dans la rue, des gens se hâtent, emmitouflés dans leurs manteaux, par petits groupes ou solitaires, suivant la ligne jaune des réverbères – *cette ligne qui fuit et nous conduit, et qui déjà parle de résurrection et d'immortalité,* pense Marina en leur emboîtant le pas, la main d'Alia serrée dans la sienne.

Devant la cathédrale, une femme attend avec ses deux petits garçons. L'un d'eux lui échappe et court vers le parapet qui surplombe la Moskva. Marina lâche la main d'Alia, saisit le garçon dans ses bras et, le tenant étroitement, le juche sur la pierre. Elle tremble à l'idée qu'il ne tombe. La mère lui sourit. L'enfant éclate de rire. Il a l'âge qu'aurait Irina. Elle sent sous ses côtes la dure balustrade. L'eau est noire, le ciel est noir, un grand silence s'est fait autour d'elle.

À l'orphelinat, Irina s'approchait dangereusement de l'escalier. Raide, avec de hautes marches, des arêtes dures, immense pour elle, si frêle qui, soudain, se penche vers le vide et vacille. – Irina, sors de là, tu vas tomber, lui crie-t-elle. Une petite fille, assise sur une marche, observe et chantonne – Pas tombée, pas tombée… et va tomber… et se casser !

En un éclair, un sentiment aigu de tendresse pour Irina lui brûle le cœur, une ardente et insupportable tendresse, gaspillée, inutile désormais, jetée dans le cours indifférent du fleuve en contrebas.

L'intérieur de l'église est comme en fusion à cause des cierges, de l'or des icônes, du reflet mouvant sur les visages, innombrables, émergeant au-dessus des manteaux, sous les châles. Alia est debout au milieu des fidèles, les yeux fixés sur l'iconostase. Hauteur vertigineuse, parois couvertes de fresques, marbre et porphyre, lustres de bronze et de cristal, dalmatiques et lourds manteaux brodés des prêtres, balancement des grands encensoirs, chœur de femmes, chœur d'hommes, piétinements, sanglots. « Tu es descendu dans les profondeurs de la terre. Tu as brisé les verrous éternels qui retenaient les captifs, ô Christ. Et le troisième jour, comme Jonas de la baleine, tu es sorti du tombeau… » Les chœurs chantent les antiques paroles de Jean Damascène. L'encens les environne d'une brume bleutée. Alia a le visage inondé de larmes – *Oh Marina ! Les icônes sont embrasées ! Comme si elles chantaient !*

Alia aime les églises, les cierges et les icônes. Les cloches. Surtout les cloches à cause, peut-être, de celles qui ont sonné à toute volée à l'heure de sa naissance et salué son irruption dans le monde – *Alia, qu'est-ce que tu aimes par-dessus tout dans la nature ? – Les cloches, les pigeons, et l'air,* a-t-elle répondu un jour et après une courte hésitation – *Pour toutes choses, j'ai toujours trois réponses. Je dis ce que je préfère par-dessus tout, je ne parle pas des fleurs ou des petites choses de ce genre !*

Au contraire d'Alia, enfant, Marina éprouvait un malaise, presque une panique, pendant les offices religieux, et tout son corps vibrait douloureusement au chant des basses profondes du chœur des hommes. Elle redoutait l'odeur de l'encens, le visage sévère des prêtres, leur barbe, les ornements pompeux, les femmes engoncées dans leur manteau et leur foulard, se prosternant devant les prêtres et leur baisant les mains. Elles se frayaient un chemin, la bousculaient, le regard ardent, la bouche marmonnant. Sa mère n'était pas religieuse. Elle ne voulut pas de prêtre au moment de mourir. Pourtant, elle les emmenait à l'église, Assia et elle, pour certaines fêtes, la Nativité, la Présentation et l'Annonciation, les matines de Pâques, et la Transfiguration au mois d'août quand la famille séjournait à la Maison des Sables, précédée d'un jeûne que leur mère, si peu dévote, leur imposait et il fallait renoncer à la brioche du matin, au lait et aux viandes cuites à la braise, aux fruits des vergers et aux pommes des Flagellantes.

Maintenant Alia tourne sur elle-même, la tête renversée en arrière, suivant des yeux les volutes de l'encens qui montent et s'effilochent en traînées sous la coupole. Marina glisse sa main sous son bras pour qu'elle ne tombe pas. Et lui revient à l'esprit cette phrase, elle ne sait pourquoi à cet instant, ce conseil plutôt, donné il y a si longtemps par un prêtre, à Lausanne, un prêtre suisse. C'était dans une église beaucoup plus sobre que la cathédrale, plus austère, presque sombre. Quelques cierges seulement et des icônes plongées dans l'obscurité. Elle se confesse. De cela, des mots, des émotions, elle n'a nul souvenir. Mais la phrase, oui, comme elle s'en souvient ! – *Soyez le sculpteur de votre âme, petite fille slave !* a dit le prêtre qui lui semblait très vieux mais sans doute ne l'était-il pas.

Sculpteur de son âme ! Pas de ciseaux ni de maillet mais la plume, le papier, les carnets, les mots pour sculpter son âme. L'affût, l'attente, l'impatience, la soif brûlante et tout aussi brûlantes la joie, la pensée aiguë, l'exaltation de la poésie. La retombée aussi après l'effusion. Le doute, l'ennui, et même le dégoût des carnets, des bouts de papier, des notes griffonnées ici et là, dans un agenda, sur le mur de sa chambre parfois, la lassitude de sa propre hâte à vouloir tout retenir, et quand elle ne peut pas, son obstination à rêver, de peur de rater le surgissement d'un vers, d'une image qui serait plus juste, plus vraie, plus affûtée. – *De quoi ai-je besoin en ce monde ? De la présence de mon âme ! Tous les moyens sont les meilleurs. L'âme, c'est la résistance, c'est la voile. Le vent. La vie,* a-t-elle écrit une nuit de solitude, alors que Serioja était au loin et que personne à Moscou ne semblait vouloir d'elle.

Sculpteur de son âme ! Comme elle a bien obéi au prêtre ! Au-delà de toute espérance ! Car elle a entraîné Alia à sa suite et elle aime à relire ces mots qu'Alia lui a dits un jour de juillet 1918, et qu'elle s'est empressée de recopier – *Marina ! Dans ton âme, il y a du silence, de la tristeté, de la rigueur, du courage. Tu sais grimper à des hauteurs qu'aucun être ne peut atteindre. Dans ton âme, il y a encore – toi. Parfois, dans ton âme, tu penches la tête.*

Marina l'a encordée pour qu'elle monte avec elle au sommet, là où l'air est si incandescent qu'il est irrespirable pour qui n'a pas le cœur et les poumons solides. Mais Alia a le cœur et les poumons pour grimper et tenir, et elle n'a jamais failli.

Elles sont réveillées tôt le matin par un coup frappé à la porte. Andreï a voulu leur faire une surprise. Il apporte deux œufs peints, la paskha et le koulitch. Par trois fois, ils échangent le traditionnel baiser. Voilà combien de temps que Marina n'a pas fêté Pâques avec son demi-frère ? Elle ne saurait compter les années. Ce compte la ramènerait en deçà de la mort de sa mère et elle n'aime pas s'aventurer en ces parages.

Andreï a un cadeau pour Alia : une veste de laine avec un col rabattu. Elle l'enfile et court en tous sens dans la pièce, rouge d'excitation et de bonheur. Ils mangent une soupe de pois et de millet, et se partagent les desserts. Après le déjeuner, ils vont le long des boulevards. Les hommes portent des vestes de cuir et des bottes jaunes, les femmes des robes à volants. Dans les kiosques, on fait de la musique. Un mendiant joue de l'accordéon sur un banc. Marina pense à Irina qui aimait tant la musique. À la moindre note échappée d'une fenêtre ou d'un orgue de rue, ou d'un kiosque à musique, elle se figeait, aux aguets, et d'une voix toute gaie, se mettait à crier – zi-zique ! zi-zique ! Et comme elle chantait ! D'une voix si pure, toujours juste, et il était étrange d'entendre cette voix émanant de la petite silhouette apathique, assise par terre dans la cuisine.

Marina voudrait ne pas s'être souvenue d'Irina en ce dimanche de Pâques. Elle ne veut voir que le sourire d'Alia, son regard ébahi devant le spectacle de la rue, joyeux et populeux, et repousser la vision, faire taire la voix limpide.

La nuit a envahi le palais-grenier. La lampe dessine un rond orangé sur la table. L'encre et les plumes sont prêtes. Elle est arrivée au terme de son carnet. Il reste une page. Exceptionnellement, Alia a fait son exercice d'écriture quotidien sur cette page. Elle lit d'une voix exaltée sa composition.

– Le jour à contrecœur s'achève mais mon enthousiasme reste le même : pascal. Je sais qu'en ce moment Serioja pense à vous. Le jour s'endort dans son ciel d'azur et de tous les côtés la tendresse se précipite dans sa seule maison : votre âme. Pourquoi passe-t-il si vite le jour de Pâques ? Parce qu'ainsi le veut l'Éternité. Quel dommage qu'on ne puisse pas mettre toute son âme dans cette page. Pourquoi ? Parce qu'une seule âme occupe le monde entier et non une seule page dans la vie. Sur la terre entière règnent aujourd'hui le Printemps, l'Amour, la Paix et Jésus-Christ. Fin de la lettre. Fin du carnet. Votre Alia.

Alia s'est endormie, ivre des joies et des surprises de Pâques. Avant de sombrer dans le sommeil, elle a attrapé Marina par le cou et dans l'oreille lui a murmuré – *Marina, tu sais ? Tout est rêve. On rêve le jour comme la nuit. Tout est vision de rêve : Pâques, les cloches… Et la mort aussi est un rêve.*

Fin de la lettre, fin du carnet.

Il lui avait été offert par Assia sur le quai de la gare d'où elle quittait Moscou avec son jeune amant Boris. Sur la première page, Assia avait laissé cette dédicace. « En ce jour de départ, ce carnet pour ton "petit journal", le 3 décembre 1911. »

En compagnie de Boris et de Serioja, elles venaient toutes deux de passer un mois merveilleux dans l'appartement de leur enfance, rue des Trois-Étangs. À cette date, leur père séjournait en Allemagne. Maintenant, tous ont disparu. Son père a succombé à une crise cardiaque alors qu'Alia venait de fêter son premier anniversaire. Serioja combat dans les rangs de l'Armée des volontaires. Assia est en Crimée. Boris est mort il y a quelques mois d'un empoisonnement du sang.

Marina n'a pas réussi à s'endormir. Elle est à nouveau devant sa table avec une cigarette et relit la dédicace d'Assia.

Ils étaient si jeunes en ce mois de décembre 1911 et elle était si triomphante. Amoureuse, éprise de la vie, de Moscou qu'ils arpentaient tous les quatre, les cafés, les librairies, les théâtres. Assia et elle avaient de l'argent, des jolies robes taillées par les couturières de Feodossia, un piano, des livres, de la vaisselle fine et des verres en cristal, leur amour mutuel, la poésie.

Nous marchons, toutes joyeuses, côte à côte,
Buvant tout : le soleil, les lampes, les voix,
Et parfois sous un regard trop insistant,
Nous baissons les yeux.
C'est pour nous que scintillent ses feux,
C'est avril à Moscou et le soleil couchant.

Elle caresse du doigt le carnet et repasse dans son cœur chaque sensation de cet hiver-là. Le froid neigeux dehors et la chaleur douce dans le bureau de leur père. L'odeur de cigares mêlée à l'encaustique des meubles et au cuir des ouvrages. Les tapis épais achetés par leur mère dans le Caucase. La pendule arrêtée – personne ne savait comment remonter le mécanisme –, la vitrine contenant des monnaies romaines, le presse-papiers en forme de pyramide, les dossiers en maroquin rouge, la bibliothèque et les rangées de livres reliés, les fauteuils qu'ils délaissaient pour se tenir serrés sur le divan ou par terre, devant la cheminée, un châle sur les épaules. Les pâtisseries, les confiseries et les fruits secs, le chocolat chaud au retour de la patinoire, l'ananas qu'Assia avait acheté chez Belov, au 33 de la rue Arbat, ce même Belov remplacé par une distribution de pain devant laquelle il y a quelques jours était suspendue la pancarte « Il n'y aura pas de pain ». – *Tant mieux ! On se sent plus légère pour danser quand on a faim*, avait dit une vieille femme en lisant l'annonce, et tous avaient ri autour d'elle. Dans le bureau de leur père encore, le vin doux rapporté de Crimée et le halva, la poésie, le serment « Jamais nous ne vieillirons, je le jure. » Chacun à leur tour, la main levée, la bouche sérieuse, le rire dans les yeux. Aucun d'eux n'avait vingt ans et cela faisait huit mois qu'elle avait rencontré Serioja sur la plage de Koktebel, célèbre pour ses pierres semi-précieuses mêlées aux galets.

Elle cherchait des cornalines, sa pierre préférée. Serioja marchait vers elle, vêtu d'une chemise blanche trop grande, à contre-jour dans le soleil éblouissant. Tout de suite, elle s'émerveilla. – *Vraiment, est-ce possible une telle splendeur !*

Avec ses yeux immenses et gris, son teint pâle sous une masse de cheveux dorés, il irradiait de la lumière du soleil de midi, de ce soleil si particulier de Koktebel – *comme un sceau marqué au front de tous ceux qui l'y ont un jour exposé,* a-t-elle écrit dans un poème. Et vraiment, elle ne pouvait laisser ce jeune homme inconnu d'elle poursuivre son chemin sans qu'elle puisse entendre sa voix – quel genre de voix pour une telle apparition ! – ni croiser le regard de ses yeux si extraordinaires.

Elle le salue, l'arrachant à sa rêverie. Il s'immobilise, étonné peut-être, intimidé plus sûrement. Ils échangent quelques mots, se présentent, découvrent qu'ils logent tous les deux chez le poète Max Volochine mais ne se sont pas encore rencontrés, elle tout juste arrivée de ce matin et lui partant marcher dès l'aube. Ils sourient de ce tour que leur joue le hasard. Autre hasard que leur date de naissance, la même – 26 septembre – à une année d'écart. Elle a dix-huit ans et lui dix-sept. Hasard vraiment que ces deux coïncidences ? Ou signes du destin ? Elle veut le croire. Ils s'asseyent sur une branche de bois flotté, épaule contre épaule, et elle s'émerveille de cette proximité immédiate et de la liberté ressentie à lui parler, sans entrave ni gêne. Elle est poète, dit-elle, et elle a déjà publié deux recueils, *Album du soir* et *La Lanterne magique*. Elle a une sœur Assia, de deux ans plus jeune qu'elle, un demi-frère, Andreï, et une demi-sœur, Valeria, du premier mariage de leur père. Sa mère est morte quand elle était adolescente. Une mère sévère, exigeante en tout, pour elle-même et pour les autres, se désolant d'avoir des filles si peu musiciennes, elle qui jouait du piano pendant des heures, et c'était des torrents de notes, un ruissellement continu jusque tard dans la nuit. Son père est un historien austère, qui tente, avec beaucoup de tendresse, de mettre un frein à la fougue de sa fille. Marina l'aime pour son indulgence, pour la pudeur et la constance de son amour envers elle.

Lui est avec sa sœur aînée Lilia et, de la main, il désigne une jeune femme brune, au doux visage, assise sur un banc non loin. Les yeux baissés, la voix hachée comme au bord des larmes, il s'aventure plus loin dans les confidences. Leurs parents habitaient à Paris, un petit appartement au 3 rue du Lunain dans le quatorzième arrondissement, à côté de l'église Saint-Pierre-de-Montrouge. Ils avaient fui la Russie à cause de leurs activités révolutionnaires. Leur mère avait dû choisir entre ses deux fils. Elle avait choisi le plus jeune, Kostia. Lui était resté en Russie avec Lilia. Ensuite, ce ne fut plus qu'une litanie de morts. Son père, d'abord, mort d'un cancer il y a quelques années. Puis Kostia, pendu il y a un an et demi. Il avait quatorze ans et avait été injustement réprimandé au lycée Montaigne où il étudiait. En découvrant son corps dans les toilettes de leur appartement, leur mère s'est pendue à son tour. Depuis ce double suicide, Serioja souffre d'asthme nerveux et de crises de dépression.

Marina est bouleversée, ressent profondément son chagrin, ne veut pas être en reste de confidences puisqu'ils se sont reconnus, tout de suite, comme des enfants endeuillés, avec un même poids de silence et de larmes. Elle raconte à son tour, la main posée sur la chemise blanche trop grande, les yeux plongés dans ses yeux à lui.

Une matinée étouffante de juin 1906, ensoleillée et tout embaumée du parfum des lilas et des aiguilles de pin. Elle a quatorze ans. Sa sœur Assia en a douze. Elles cueillent des noisettes sur un sentier non loin de la Maison des Sables. Leur demi-sœur, guère aimante, les rejoint et annonce d'une voix sèche – *Eh bien les filles, votre maman est morte.*

Toute la famille était arrivée de Yalta quelques jours auparavant. Ultime cure dans le sanatorium réservé aux malades de la tuberculose, ultime consultation et désarroi du médecin qui ne s'est plus opposé au retour à Moscou. Leur mère a demandé à s'arrêter à Taroussa pour prendre un peu de repos dans la Maison des Sables, goûter une dernière fois à l'été russe, aux fruits rouges des sous-bois, pour apercevoir au détour de la route l'Oka et les bancs de sable, les collines, les prés, et sentir l'odeur des lilas et de la résine.

Pendant 1 300 kilomètres, on l'a portée de la voiture au train, du train à la voiture et ainsi d'étape en étape de Yalta à Taroussa. Du tarantass qui l'a amenée jusqu'à la Maison des Sables, elle a voulu descendre seule et faire seule les quelques pas qui la séparaient du perron, puis du perron jusqu'au piano – *Voyons à quoi je suis encore bonne*, a-t-elle murmuré avec un petit rire triste, un hoquet presque. Elle a joué. Ce fut la dernière fois. Quand épuisée, elle s'est couchée sur le lit préparé dans la nouvelle chambre qui sentait le jasmin et le pin fraîchement coupé, elle a murmuré – *Je n'ai de regret que pour la musique et le soleil.*

Au matin du 5 juillet, elle fit venir ses filles. Dans la nuit, le médecin appelé en urgence avait diagnostiqué une pneumonie. Leur père sanglotait. Dans la pièce obscure, une voix dit – Approchez ! Elles se sont collées contre le lit. La main de leur mère, lourde et chaude de fièvre, se posa sur leur tête, d'abord Assia, puis Marina – *Vivez selon la vérité, enfants !*

Elle mourut le lendemain, à une heure chaude de l'après-midi, seule. Tout le monde vaquait ailleurs. Leur père dormait, épuisé par les nuits de veille. La sœur de la Charité qui était venue soigner leur mère bavardait avec la bonne à la cuisine. Plus tard, en guise de condoléances, elle a pris à part Marina et Assia – *Qu'est-ce qu'elle avait, votre maman, à pas me laisser la soigner ? Et hop ! la voilà morte !*

Leur mère n'avait pas souhaité la présence d'un prêtre dans les dernières heures, ni même à cet instant où dans un souffle, elle avait dit – *Laissez-moi. L'agonie a commencé.*

Elle était allongée sur son lit, avec un bandage autour du visage et des pièces de cinq kopecks sur les yeux, et comme un bruit de fond incongru, on entendait le rire de la bonne et du livreur venu tout exprès de Moscou apporter les pains de glace pour conserver la dépouille jusqu'à l'enterrement.

Ensuite, a-t-elle encore confié à Serioja, le deuil et la souffrance tue, la solitude, un voyage à Paris, un autre en Allemagne, le lycée à Moscou, une demande en mariage refusée. Des poèmes enfin, à flot continu, et ces vers, parmi tant d'autres.

Elle pâlit sans cesse cette île azurée, l'enfance.

Nous sommes seules sur le pont.

C'est bien la tristesse, Maman, que tu as laissée en héritage à tes fillettes.

Ils ont repris leur marche et sont arrivés au pied de la falaise. Serioja se penche et ramasse une pierre. C'est une cornaline aux reflets orangés. Il la donne à Marina. Trouver une cornaline est l'épreuve secrète imposée à celui qu'elle s'est juré d'aimer toute sa vie. Elle lui en fait le serment – *Je jure de vous épouser si vous me le demandez.* Il le lui demande. Elle l'aimera donc toute sa vie. Il se tait mais déjà elle sait – *Notre rencontre, un miracle. Auprès de lui seul, je pourrai vivre comme je vis. Totalement libre !*

La maison de Max où ils se retrouvent le soir même est vaste, encombrée de livres et de photos, de bustes en plâtre, de boîtes en écorce de bouleau, de branchages séchés et de bois flottés. Les canapés sont vieux et couverts de draps de lin. Ils n'y sont pas seuls. Lilia est là et d'autres amis arrivés de Moscou et de Saint-Pétersbourg. On rit beaucoup chez Max, on se chamaille et on se réconcilie. On joue du piano et du violon. On récite des poèmes en tenue légère sur la terrasse du haut, face à la mer et aux falaises couleur fauve dans le couchant. L'eau bout dans le samovar et Pra, la mère de Max, sert du thé, des carafes de limonade et des petits pains fourrés à la viande. Elle est toujours vêtue d'un pantalon bouffant et chaussée de bottines de cuir, à la manière des Tatares de Crimée, et ne se sépare jamais de son porte-cigarettes en argent.

Max, c'est un géant à la tignasse indomptable – sept fois vingt livres de beauté masculine, plaisante-t-il. Quand Marina le voit fouler à grandes enjambées les sentiers pierreux du mont Karadag, vêtu de sa tunique d'épaisse toile blanche, pieds nus dans ses sandales, quand l'air est sec et brûlant, les moutons paissant au milieu des épineux, dans une odeur de térébenthine et de menthe et sous le ciel violet d'un crépuscule orageux, il lui semble qu'elle pénètre à sa suite dans l'Odyssée. Il est Zeus à la tête énorme, couronnée d'une chevelure épaisse et bouclée, ou encore rameur solide dans une barque effilée, l'emportant jusqu'à une grotte creusée au flanc du rocher – *Et ça, Marina, c'est l'entrée dans l'Hadès. C'est là qu'Orphée est entré pour aller chercher Eurydice.*

Elle le croit à cause du silence et des murs de basalte noir, et de son air grave quand il lui dit – *Pour entrer dans l'Hadès, Marina, il faut être seul.*

Ensemble, et pour toute leur vie, Serioja et elle reçoivent de Max et de Pra ce don de la Crimée, de la mer Noire, de la steppe, des bouquets de pivoines et des pieds d'absinthe fichés dans la rocaille, des sources vives dans la roche, des fromages de chèvre durs comme pierre et des vins âpres rafraîchis avec de l'eau glacée. Ils reçoivent aussi les roses très rouges, le soleil qui tanne la peau, et Labko, Chocolat et Cyclope, les chiens de berger, pareils à des loups, autrefois gardiens des troupeaux, désormais solitaires, à demi-sauvages et affamés, qui viennent chercher de la nourriture à la porte de la cuisine.

Le soir même de leur rencontre, elle a commencé un poème pour Serioja. Sa vie se dit en vers. Ils sont un journal intime.

Alors, quoi d'autre que la poésie, en ce crépuscule empoussiéré d'or et de bronze à cause du grand vent qui souffle et charrie ce qu'il a arraché aux rochers et aux arbres, alors qu'elle se tient seule sur la haute terrasse ?

Tu ne pouvais apaiser ton chagrin,
Ni vaincre du rire mordant la blessure,
Comme les bougies, sur le piano, tu t'es éteint,
Tu t'es éveillé au paradis dans la lumière.

Ces vers étaient aussi pour elle, pour les étés de l'enfance à Taroussa et pour le piano silencieux sous sa housse noire dans la Maison des Sables, devant lequel, plus jamais, ne se tiendrait sa mère. Son paradis perdu est là, caché, dans les prés et les arbres, au bord de l'Oka, dans la touffeur des pièces de la maison à cause des volets fermés et de l'odeur entêtante des pins chauffés au soleil, dans les ombres qui obscurcissaient le jardin à la nuit tombée, à cette heure où les nuages filaient sous la lune, et leur mère murmurait – Voici venir l'heure des tourments.

Elle n'a pas de carnet en réserve. Les papeteries sont vides. Elle n'en trouvera plus comme elle les aime, gainés de cuir ou recouverts d'un carton marbré, avec un papier soyeux et blanc. Il lui faudra fabriquer le suivant, en cousant des feuilles retrouvées dans un tiroir. Il est devenu très difficile d'acheter de l'encre mais elle a réussi à voler une bouteille d'encre rouge, laissée sur un bureau d'une administration où elle patientait avec d'autres dans l'espoir d'obtenir une place à la crèche pour Irina.

– *Plus que tout au monde, parmi les choses de l'âme, je tremble pour mes carnets, ils sont ma vie de tous les jours,* a-t-elle dit à Lilia, un jour qu'elle se souvenait avec elle de l'anniversaire de ses vingt et un ans et du cadeau qu'elle lui avait fait alors, son premier carnet, avec une couverture cartonnée de couleur crème, le dos et les coins en cuir sombre. Il est là, enfoui sous les autres. Elle le ressort, le feuillette. Elle y avait glissé une rose et l'avait fixée avec un petit collant blanc. La rose a séché.

Le rouge a passé. Il est devenu rouille. Les pétales sont si fins qu'elle n'ose pas les toucher de crainte d'en garder la poussière au doigt, comme d'une aile de papillon.

Automne 1913-juillet 1914. Elle n'a rien oublié. Leur arrivée chez Max et Pra par une nuit de tempête, le grondement du ressac et les bourrasques qui font trembler les murs et les lampes, la peur de la petite Alia, d'à peine un an et demi, les mots rassurants de Pra – Ce n'est que le bruissement de la mer –, et le goût du miel d'acacia sur le pain noir que leur tend Max.

Leur maison, rue Annenski, tout en longueur, avec des rosiers grimpants le long de la façade, et le jardin d'herbes hautes et bourdonnant d'insectes, où se faufile le gros chat Koussaka. Les rues de Feodossia et les effluves de mouton grillé et de café torréfié. Les acacias en pleine floraison exhalant une odeur de fleur d'oranger et les trottoirs jonchés de pétales blancs, lustrés comme de la cire de bougie. Et dans chaque cour, les femmes affairées à couper des roses pour les lier en bottes, et les grandes bassines de confitures mises à refroidir sur le rebord des fenêtres.

Comme elle a aimé la Crimée ! Comme elle était merveilleusement bien à Feodossia ! Elle était si jeune alors, si belle d'être heureuse et aimée, et d'aimer en retour. Follement. Serioja, Alia, Max et Pra, la poésie.

Alia et la poésie surtout… N'a-t-elle pas écrit à une vitesse vertigineuse, en une seule nuit fiévreuse, quatorze strophes d'un poème pour Alia – *Petite ombre sur l'horizon immense ! Je dis en vain : n'y touchez pas !* Des vers magnifiques qui lui gonflent le cœur de fierté et de joie, dont elle est sûre, comme elle est sûre de sa fille, sûre de son âme et de sa beauté, de son éclat, de son intelligence.

Elle composait alors ses poèmes avec une facilité exaltée, les relisait comme s'ils n'étaient pas d'elle, s'en étonnait, les reprenait en traquant le mot le plus juste, s'en remettait à Dieu, non qu'elle implorât auprès de lui la rime qui lui manquait mais bien plutôt la force de la chercher. Elle savait ce qui relevait de son talent et de ses efforts, elle ne demandait que le courage de s'y plier sans faillir. Jamais elle ne doutait de son don poétique et de sa gloire future – *Je ne connais pas de femmes plus douées que moi en poésie. Un « second Pouchkine » ou bien « le premier poète-femme », voilà ce que je verrai peut-être de mon vivant !*

Juillet 1914. Les rumeurs de guerre envahissent les rues de Feodossia. Elle ne s'en soucie guère. Elle se hâte avec Alia sur un sentier sablonneux bordé de genévriers desséchés, qui descend vers la Grotte aux Serpents, une crique isolée où elle aime venir nager.

Ce jour-là, cette heure-là, cette promenade et ce bain-là, comme ils sont incisifs à son âme !

Laissant Alia assise sur une barque de pêcheur échouée, elle a plongé dans les vagues, sans cesse ramenée au bord et tirée en arrière, les genoux râpés aux durs galets, les mains battant l'eau et le vide, la gorge irritée par le sel, cherchant son souffle dans le fracas des rouleaux. Elle n'entendait rien d'autre que le battement sourd du sang dans les oreilles, ses cris comme résonnant à l'intérieur de sa tête. Elle aurait pu se laisser couler, se fondre dans le grondement souverain de la mer. Les vagues étaient puissantes et tiraient vers le large. Une dernière vague, plus violente que les autres, l'a projetée sur la grève. C'était fini. Ne restait de cet instant – combien de temps avait-il duré ? – que la sensation de brûlure et de sel, et de vacarme. Elle a repris le sentier à travers les dunes, tenant Alia par la main, la peau encore cuisante de son bain, les oreilles bouchées, un goût de sel dans la bouche. Au dernier tournant, avant que la mer ne disparaisse de sa vue, elle s'est immobilisée, accablée de tristesse. À cause de la rareté de ces instants, de leur fugacité et de leur déjà quasi-disparition, à cause du ressac en contrebas et des couleurs tout autour d'elle – le bleu intense du ciel et l'ocre des montagnes, le vert de la mer, les broderies multicolores de son pantalon bouffant, le rose indien de la robe d'Alia. À ne pas demeurer, à disparaître sitôt éprouvées, la beauté est déchirante et la joie une entaille pour le cœur. Elle venait de vivre, et elle le savait, un moment d'intense bonheur et de nostalgie. Le dernier épisode d'une histoire heureuse et lumineuse, celle de ces quelques mois dans la Crimée d'avant la guerre. Une histoire qui prenait fin aux pieds des falaises, dans cette crique que la mer, gonflée par la houle, venait battre en un mouvement incessant.

– *Mer de ce jour ! Gronde pour l'éternité ! Chaloupe de pêcheur, reste éternellement au bord de la mer ! Moi en pantalon bouffant, mince, légère, ne vieillis pas ! Mais toi, Aliouchka, grandis !* a-t-elle crié face à l'horizon.

Rentrés à Moscou, ils emménagèrent dans un appartement du quartier de l'Arbat. Une « maison magique », comme elle l'a tout de suite surnommée, découverte rue Boris-et-Gleb, avec Alia dans ses bras, Serioja à ses côtés et dans le cœur et sur la peau, encore, l'ardeur du soleil et des paysages de Crimée, le blanc de la chaux, le rouge sanglant des roses, la gaieté malgré la guerre tout juste déclarée. Devant le numéro 6 de la rue, elle a d'abord vu les deux peupliers, gardiens malingres plantés sur le trottoir d'en face, fragment d'une nature comme elle l'aime en ville, mêlée aux pierres, aux voitures et aux passants, une nature domestiquée autrefois, quand elle se promenait avec sa mère et Assia dans les parcs de Moscou, ensauvagée depuis la Révolution et laissée à l'abandon sous les grands arbres mutilés par la hache et la mitraille.

En poussant la porte de bois verni clair, tout de suite, l'émerveillement ! Un palier, deux grandes pièces, de hautes fenêtres, une autre pièce, qui menait par un court escalier à un autre palier et à un autre escalier, à d'autres couloirs, à un renfoncement, à une toute petite pièce, presque un cagibi.

Jamais elle n'avait vu un tel appartement !

Alia se fait lourde à son bras. Elle la pose au pied des marches qui montent vers les combles. Elle les gravit seule et découvre une pièce éclairée par une fenêtre découpée dans le toit. Une chaise est poussée contre une table. Elle grimpe dessus et regarde par la fenêtre. Des toits, une arrière-cour, des arbres, une cage à oiseau attachée au rebord du toit, un édredon de couleur vive suspendu à un balcon. On joue du piano dans une maison voisine, un oiseau chante, dans la cour en contrebas, quelqu'un abat une hache sur du bois. Des nuages filent dans le ciel. Et cette pensée, immédiate – La nuit, avec Alia, nous regarderons les étoiles.

Elle n'a pas oublié cette première ascension vers les combles et la découverte de la chambre, pas très grande, poussiéreuse mais qu'elle a vue tout de suite comme un abri où elle pourrait se retirer.

Et voilà qu'elle en a fait son palais-grenier et ce soir, elle écrit sur la table remarquée alors, ses carnets ouverts à côté d'elle, et il lui suffit de lever la tête pour apercevoir le ciel et les étoiles.

Le carnet d'Assia est le septième de ses carnets, avec une reliure havane, bordée d'une arabesque dorée. Marina a attendu longtemps avant de venir y écrire, huit ans exactement, parce qu'il était le plus beau et le plus précieux. Une sorte de pudeur, mêlée de crainte, l'empêchait de l'ouvrir comme si les lignes qu'elle y tracerait pour dire le présent effaceraient le temps qui était celui du bonheur, d'un temps qui avait passé, ne reviendrait plus. Les voix se sont tues qui s'exclamaient autour d'elle alors qu'Assia lui tendait le petit paquet, dans le brouhaha de la gare et le sifflet de la locomotive prête au départ, et leurs étreintes se sont desserrées depuis si longtemps.

L'année 1919 est tout entière contenue dans le carnet. Elle voulait écrire un récit dont elle avait déjà trouvé le titre – *Indices terrestres*. Alors elle consignait tout. Bribes de poèmes, les siens et ceux d'Alia, brouillons de lettres, conversations, scènes observées dans la rue, trocs et marchandages sur les marchés, altercations aux distributions de nourriture, ou simples rubans de mots qui flottaient dans sa pensée, quand elle marchait, ou rêvait, ou dormait même…

Elle voulait tout garder de l'enfance d'Alia, de leur vie dans le Moscou de la Révolution et de la guerre civile, de la vie de son âme et de celle d'Alia. Graver dans sa mémoire les vers trouvés pendant que cuisaient les pommes de terre, ses mains usées par les lessives, le baquet et la flaque d'eau parce que la fenêtre était mal calfeutrée et que la neige en fondant gouttait sur le parquet, ces heures du soir, sous la couverture, la petite lampe tout près de son oreiller, son carnet et une cigarette, parfois du pain. Ne jamais oublier ce bonheur-là dans le silence et la solitude du palais-grenier, Alia contre elle, Irina plus loin, ce bonheur habité et choisi, malgré la dureté de leur vie, d'où jaillissait une prière, toujours la même, adressée à ce Dieu dans lequel elle est si peu sûre de croire, mais pour Serioja, pour Alia, elle doit y croire – *Ô Seigneur, mon Dieu ! Fais que je revoie Serioja ici sur terre. Donne, Seigneur, santé et longue vie à Alia. Merci à toi, Seigneur, pour tout si Serioja est en vie. Donne-moi, Seigneur, de mourir avant Serioja et Alia.*

L'année 1919 – *L'année terrible : malheurs et liesse de ton enfance, de ma jeunesse…* – dont elle disait qu'Alia garderait les plus merveilleux souvenirs, celle qu'elle lui envierait entre toutes.

L'année qui a mené à la mort d'Irina, à la petite tombe creusée, sûrement à grand-peine, dans le sol gelé du cimetière de Kountsevo, à moins qu'elle n'ait été enterrée dans une fosse commune.

Comment est-ce arrivé ? Que s'est-il passé qu'elle n'a pas vu, pas compris ?

Ses *lois détraquées* ? Sa façon d'être mère ?

Peut-être… Ou la fatigue de vivre parfois si violemment éprouvée. La solitude comme un joug sur les épaules et le cou.

Le non-être du non-amour puisqu'elle est seule, seule, – *seule comme un chêne, comme un loup, comme Dieu, au milieu des pestes de toutes sortes du Moscou de 1919*, a-t-elle écrit un soir de terrible froid.

Le souvenir d'Irina est une aiguille qui frappe à petits coups, de plus en plus fort, de plus en plus douloureusement.

Elle est revenue à la première page du carnet. Il lui faut tout relire. Pour comprendre. Pour faire barrage à la désolation qu'elle sent monter en elle, qui menace de la submerger comme une vague trop haute. Pour calmer la brûlure de l'aiguille.

Elle ne dormira pas. Elle le sait déjà. L'insomnie se tient là, tapie dans l'obscurité du palais-grenier, prête à exacerber les remords.

Lèvres pâles, yeux cernés
De dorure, la nuit embrase les visages,
Tout s'éclaire la nuit, seuls les yeux
Foncent, deviennent sombres sans âge.

Ce sont des vers anciens, écrits il y a longtemps au retour d'Alexandrov où elle avait séjourné auprès d'Assia. Et plus anciens encore, ces vers de Pouchkine qu'elle connaît par cœur.

Le repos de la nuit avive la morsure
des remords, intimes serpents ;
ma rêverie s'affole ; mon cœur, tenaillé par le spleen,
déborde de noirs sentiments ;
le souvenir, sans un mot, à mes yeux déroule sans fin son volume
et, relisant ma vie avec horreur,
je la maudis en frémissant…

1er janvier 1919. Le carnet commence par ces mots d'Alia – *Le sommeil n'existe pas, Marina ! Le sommeil ne se rêve pas. Le sommeil est un voile. Gris. Dessous, il y a la vie.*

À cette date, Marina ne s'est pas encore installée avec ses filles sous les combles. Elles occupent toujours l'appartement, trop grand pour elles trois désormais, obscur à cause des pièces fermées une à une. Meubles, objets et tableaux sont couverts de poussière. La salle de bains est inutilisable. Le plafond s'est effondré, recouvrant le sol de plâtre et brisant la faïence du lavabo. Irina dort seule dans la chambre d'enfants, chauffée par un poêle en fonte noire mais si haute de plafond et avec des fenêtres tellement disjointes qu'il y fait toujours froid. Alia partage la chambre de Marina, petite, tout en longueur, mal éclairée par une fenêtre étroite. Une grande table, poussée sous la fenêtre, leur sert de bureau. Un rideau bleu, toujours fermé, cache une sorte de niche dans le mur. C'est là que repose le masque mortuaire de Piotr, le frère aîné de

Serioja, caché aux regards et enveloppé d'un foulard de soie. Marina ne le regarde plus jamais tant elle redoute d'y retrouver une ressemblance avec Serioja, mort quelque part peut-être et portant sur le visage cette même expression exténuée et paisible.

Sur une petite table, elle a installé le gramophone rapporté de Crimée. Une peau de loup sert de tapis. Un portrait de Serioja, peint à Koktebel, est accroché au mur. Il est allongé sur un divan, les jambes recouvertes d'un plaid, le visage triste sous une épaisse couronne de cheveux, un livre entre les mains. Son doigt marque la page où il a interrompu sa lecture. Un jour, Alia s'est arrêtée devant le portrait et au bout d'un long silence, a dit – *Marina ! Je t'aime alors que Papa je le plains. Quand je m'apitoie, je ressens une sorte de début de combustion alors que quand j'aime c'est du feu que je ressens.*

Depuis des semaines se répandaient dans Moscou des rumeurs d'entrepôts incendiés, de wagons entiers de blé réquisitionnés pour l'armée, de cadavres de chiens et de rats dévorés dans les caves et les arrière-cours. Les hôpitaux étaient pleins de malades du typhus et de la variole. Les fièvres décimaient les villages affamés. On parlait de choléra dans le centre de la Russie, de médecins et d'infirmières envoyés de force dans les régions touchées et qui n'en revenaient jamais, de trains bloqués et de gens fusillés s'ils tentaient de forcer les barrages.

La ville était plongée dans un brouillard neigeux. Les gens allaient de nuit dans les jardins des palais, dans les parcs, sous les arbres des boulevards, dans les cours des maisons, déjouant la surveillance des sentinelles et des concierges pour ramasser des branches, des feuilles mortes, des brindilles, des bouts de caisses en bois. Les plus chanceux trouvaient des boulets de charbon tombés d'un sac, les audacieux pénétraient dans les maisons détruites et les appartements vides pour voler des châssis de fenêtres, scier des poutres. Meubles, boiseries, volets avaient déjà été dérobés, vendus ou brûlés depuis longtemps. Marina faisait comme les autres, se glissait derrière les palissades des maisons détruites, Alia sur ses talons, à l'affût de la moindre branche cassée, du plus petit morceau de planche.

La faim et le rationnement dessinaient une cartographie singulière à laquelle, comme tous les Moscovites, elle s'était habituée. La ville était parcourue de lignes invisibles reliant entre eux les points de ravitaillement, les cantines, les distributions gratuites. La gare de Briansk, où elle achetait le lait pour Irina. Le marché à la gare de Smolensk auquel on arrivait par le boulevard Novinski, promenade élégante jadis, occupé maintenant par un campement de Tsiganes, chaudronniers et diseuses de bonne aventure, marchandes de fleurs, et qui achetaient à peu près tout ce qu'elle leur apportait. Le marché de Sukharevsky, le préféré de son père qui, autrefois, trouvait là des livres anciens, des gravures et des estampes. On y servait maintenant de la soupe de gruau dans des cuves posées sur des planches. S'il n'y avait plus de lait à la gare de Briansk, elle tentait sa chance à la crémerie au numéro 48 de la rue Petrovka et il n'était pas rare qu'on la renvoie, le bidon vide, toujours plus loin, vers les magasins de lait Tchitkine. Elle revenait chez elle par le marché de la rue Okhotnyriad – elle y avait troqué un jour une poignée de harengs contre une gelée de framboises à une paysanne et elle espérait toujours la retrouver – et terminait par le 33 rue de l'Arbat, l'ancien magasin d'alimentation Belov, devant lequel il fallait attendre des heures. Malgré la neige, les femmes s'asseyaient sur le trottoir pour soulager leurs jambes et le tiraillement lancinant dans les mollets et dans les reins. Elles portaient un numéro d'ordre inscrit à la craie sur la manche de leur manteau. À l'appel de leur numéro, elles se redressaient pesamment, le corps douloureux, secouaient la neige de leur manteau, s'approchaient du comptoir, se tournaient pour montrer leur numéro, saisissaient le pain, n'osaient dire qu'il était trop cher, trop humide, trop gris, trébuchaient sur les femmes qui avaient pris leur place sur le trottoir, maugréaient et on entendait décroître leurs protestations et leurs pas. D'autres arrivaient et se collaient aux autres, jusqu'au moment où une voix s'élevait – C'est fini pour aujourd'hui.

Le Moscou des files d'attente, des cantines et des dépôts, des magasins fermés ou disparus, des coopératives, des marchés où tout se troquait et se vendait pour trois pommes de terre, quelques grammes de tabac, une poignée de haricots qui cuiront des heures avant d'être mangeables et garderont un fade goût de plâtre, ce Moscou de la faim et de la quête acharnée de nourriture n'avait plus rien à voir avec celui que Marina arpentait avec Serioja. Le tracé familier qu'ils empruntaient pour aller visiter des amis, s'asseoir dans les squares, acheter des livres et boire de la limonade ou du thé s'était effacé.

Elle s'était toujours perdue dans les rues de Moscou. Elle était myope, refusait de porter des lunettes, à peine un ridicule face-à-main qu'elle accrochait autour du cou avec une chaîne, et qui ne l'aidait guère à lire le nom des rues. Il arrivait que la distribution de vivres l'obligeât à se rendre dans des quartiers qu'elle ne connaissait pas, comme ce jour où elle avait dû marcher jusqu'à la Porte de l'Intercession, rue Semionovskaïa. Un ami lui avait donné un plan. Le seul qu'il avait trouvé représentait le Moscou du siècle dernier. Il y figurait des ponts, des jardins et des ruelles qui n'existaient plus, et même une rivière asséchée depuis longtemps. Elle l'avait gardé comme un trophée du passé, un sauf-conduit pour pénétrer dans un autre monde. Elle le sortait de sa poche, ajustait son face-à-main, tout en sachant que c'était inutile, et lisait à voix haute les noms disparus, comme elle l'aurait fait d'une romance dont on avait oublié qui, un jour, avait bien pu la chanter.

Le 2 février, fête de la Présentation au Temple, elles ont été invitées à manger des crêpes chez Balmont, le poète, l'ami vieillissant, dans leur minuscule cuisine où s'entassaient sa femme, sa fille Mirra et Alia, quelques amis… Irina était sans doute chez Lilia ou avec Nadia qui n'avait pas encore disparu.

Il fait chaud. Sur la cuisinière à bois, tout bouillonne : la soupe à la viande de veau, l'eau où cuisent les pommes de terre, le gruau qui crève en bulles dans la casserole. Mirra retourne les crêpes sur une plaque de fer chauffée à blanc. On force Alia à se resservir, à manger la dernière crêpe, la dernière cuillerée de gruau.

Marina se tient un peu à l'écart, observe, retient ce qu'elle notera ce soir dans son carnet. L'hiver moscovite de 1919. Les amis rassemblés qui jouent à n'être ni transis ni affamés, et parlent de théâtre et de poésie. La faim éloignée pour quelques heures, qui reviendra féroce le lendemain puisque toutes les provisions ont été partagées et mangées en cette seule après-midi. Le café et les cigarettes qu'elle préfère à la soupe et aux crêpes. Le poêle brûlant. Le givre aux fenêtres, la neige qui cascade à la lumière des réverbères. Balmont, disparaissant sous un plaid et lui cédant sa pipe puisque voilà qu'elle n'a plus de cigarettes.

Il faut rentrer. La neige a cessé de tomber. Le ciel est d'un noir brillant de basalte, haut, très haut.

– *Marina !* s'écrie Alia, *j'ai l'impression que le ciel tout entier tourne. J'ai peur des étoiles !*

– *Pour ne pas avoir peur des étoiles, tu dois t'en faire des amies.*

– *Marina ! Qu'est-ce que vous en pensez, c'est quoi le courage ?*

– *Quand quelqu'un a peur mais que malgré tout il avance.*

– *Alors ça veut donc dire : la nuit noire avec des étoiles !*

Elles ont marché encore quelques minutes et Alia a dit :

– *Maintenant, je n'ai plus peur et je vais vivre en m'appuyant sur votre bras.*

De cette année 1919, elle a gardé la sensation de journées froides et d'un quotidien chaotique et absurde, de courses dès cinq heures et demie du matin pour ne pas manquer la ration de lait à laquelle elle a droit. Le retour par le marché de la rue Okhotnyriad, celui de Smolensk ou de Sukharevsky, un détour dans l'antre des Tatares où elle pénètre en baissant la tête, une caverne en pleine ville, et cela la fait sourire, avec des tapis, des tentures et des piles de linge de maison, de vaisselle, des meubles alignés contre le mur, et sur une table de bois peint, richement ornée, les tasses à café sans anse, bleues et dorées, dans lesquelles elle buvait son café, autrefois, à Feodossia. Qu'ils passent chez elle, elle a encore à leur vendre une baignoire d'enfant, une paire de patins à glace, une lampe-éclair et un thermos. Dans la rue, elle troque des vieilles bottes contre des carottes et un pot de miel à une vieille paysanne. La maison enfin. Les escaliers dont la rampe a été débitée et brûlée dans le poêle. Elle file dans la cuisine, se débarrasse des sacs, pose le miel et le lait sur la table de la cuisine, envoie valser d'un coup de pied un bidon de fer-blanc, repousse le linge qui pend en travers de la cuisine, attrape la scie, coupe du bois. Le samovar bout. Le poêle est presque chaud. Irina est réveillée. Ses cheveux soyeux sont en bataille et ses yeux pleins d'ombre. Alia pleurniche qu'elle ne veut pas la mettre sur le pot, qu'elle préfère encore scier du bois et recoudre la jupe qu'elle a déchirée en se faufilant derrière une palissade du Mont des Moineaux.

Cette vie n'a aucun sens ! Elle se brûle la main en attrapant la casserole et la renverse presque. L'unique soupe de la journée. Elle ne manque pourtant pas de chiffons mais ne peut en trouver un seul. Elle pourrait aussi bien prendre une de ses robes ou une chemise d'Alia, tous leurs vêtements semblent s'être métamorphosés en guenilles. Irina ne quitte jamais la robe d'indienne rose, faite sur mesure par la couturière de Feodossia pour Alia. Elle ne la lui enlève même pas pour dormir et comme elle est trop longue, Irina mâchouille l'ourlet en chantonnant ses mots idiots, les seuls qu'elle sait dire à deux ans. Elle a ajouté à son répertoire une nouvelle comptine que Nadia lui a apprise et dont elle ne connaît que les premiers mots. « Le cobeau est persé sur le sêne… » Marina a bien essayé de l'encourager à chanter la suite. Et après, Irina ? Que fait le corbeau ? Et l'arbre ? Le corbeau est tout seul sur l'arbre ?

Irina a détourné son regard, la tête inclinée sur l'épaule, son chiffon enfoncé dans la bouche. Ses cheveux ont couvert sa figure et on ne voyait plus d'elle que ce fin rideau de mèches et le chiffon qui traînait par terre.

Cette impression encore au sortir de cet hiver-là : personne au monde n'a besoin d'elle. Hormis Alia et Serioja, s'il est encore en vie. Cette sensation aussi d'avoir perdu le gouvernail, de ne plus rien maîtriser – *En ce moment tout s'envole et mes carnets peuvent s'envoler avec une infinie facilité. À quoi bon m'y astreindre ?* relit-elle à la date du 14 mars. La poésie reflue comme une vague, ne laissant qu'un ou deux vers sur le sable qu'une autre vague effacera bientôt.

Les anges sont aveugles et sourds. Celui-là est resté unique, comme figé sur la page blanche. Elle a écrit, biffé, recopié encore. *Les anges sont aveugles et sourds...* Rien n'a suivi qu'une panique dans sa poitrine, d'autres vers qu'elle n'aimait pas, des rimes qui l'emportaient là où elle ne voulait pas aller, des griffures sur le papier qu'elle n'a pas froissé ni jeté car elle en possède si peu maintenant. Elle a posé son front sur la table, a fermé les yeux pour ne plus voir cette page blanche et ce seul vers. – *C'est mon premier pas vers le non-être,* a-t-elle pensé. *Puisque j'ai pu cesser un jour d'écrire des vers, je pourrai un beau jour cesser d'aimer. Alors je mourrai.*

Certaines aubes, pourtant, plus lumineuses que d'autres peut-être, ou dans la nuit quand elle se faisait pluie d'étoiles, quand le café était assez abondant dans ses réserves pour qu'elle le boive sans se soucier de la dépense, si la journée avait été miséricordieuse – une bonne distribution, un ami rencontré qui prête un livre, celui-là même recherché pendant des semaines aux étals vidés des librairies, une poésie d'Alia – *Un pont. Des anges le traversent / Et portent un nuage. / Le fleuve bruit. Le fleuve vole / Comme du duvet d'argent* –, un sourire confiant – oh si rare ! – d'Irina, oui si tout cela lui avait été donné et qu'elle en avait été saisie d'une joie profonde, alors elle pouvait à nouveau écrire des poèmes, plusieurs en un jour et une nuit parfois. Pour Alia, pour le tsar, pour le pain et le sel, pour l'âme, pour la faim et le froid, et les insomnies, pour Serioja...

Tu veux savoir comment se passent
Mes journées au pays des offenses,
Les mains passent en scie et repassent
Mon cœur répète le nom.
Ah ! Si tu passais dans la maison
Tu saurais ! La nuit, je chante fort !
Comme si je sciais autre chose –
Que du bois !

Le 25 mars, tôt le matin, un homme inconnu d'elle a frappé à sa porte. – Je voudrais parler à Marina Ivanovna, s'il vous plaît. Elle s'est figée. Serioja ! Il a été tué… L'homme a poursuivi tranquillement – J'ai reçu des nouvelles et je dois vous dire que Serguei Iakovlevitch est vivant et en bonne santé. Il m'a prié de vous saluer et de vous dire qu'il serait bientôt en Crimée.

Voilà plus d'un an qu'elle ne savait rien de lui ! Il était devenu un fantôme et c'est à peine si elle osait encore tracer les lettres de son nom. Elle rêvait de lui souvent mais toujours brièvement comme un signal envoyé d'un lieu et d'un temps inconnus d'elle qui ne savait plus rien de lui. Elle voyait son visage, un geste, un mot au hasard – très nets. Dans son rêve, elle suppliait – Seriojenka ! De grâce, dites-moi, vous êtes vivant ou non ? En Crimée, en Ukraine, sur le Don, plus près, plus loin ?

Un jour, un homme dans la rue a crié – *Les Blancs arrivent à Moscou ! Ils descendront par le Mont des Moineaux !* Et absurdement, elle l'a cru – *Alia ! Allons prier pour notre armée devant la Vierge de Kazan ! Serioja sera bientôt là !*

C'était un leurre bien sûr, comme l'était peut-être ce message de Serioja tout juste arrivé. Qui sait s'il n'était pas mort depuis ? Le temps des combats n'est pas le même qu'à Moscou, qui s'étire en distributions, attentes et corvées chaque jour répétées. Dans les villages transformés en champ de bataille où chaque maison se gagne à coups de morts et de blessés, dans les forêts brûlées par la mitraille, dans les ports où rougit l'eau des bassins parmi les bateaux éventrés, la vie bascule en une fraction de seconde, et combien de secondes se sont écoulées depuis que Serioja a confié son message ? – Dites que je vais bien, que je suis vivant... Et si l'instant d'après, alors que le messager n'avait peut-être même pas encore quitté le village, ou le cantonnement, ou les sous-bois où ils avaient fait halte, qui sait si une balle, un obus, un tir d'artillerie n'avait pas fauché les hommes occupés à se reposer ?

Elle a pensé tout cela, très vite. Puis comme un flash, la date du jour. 25 mars ! Fête de l'Annonciation ! En ce jour, précisément, la bonne nouvelle à elle seule annoncée, une salutation, la porte à peine entrouverte, sur le perron, cet homme et, derrière lui, la rue qu'éclaire à peine la lumière du jour et les deux peupliers, veilleurs hiératiques, argentés par l'aube. Serioja ne pouvait qu'être vivant !

Les images du bonheur passé ont surgi en flots bienfaisants. La cathédrale Saint-Basile – maintenant les bulbes sont noirs – mais avant... Avant la guerre et avant la Révolution, en ces temps de légèreté, avec la toute petite Alia dans les bras de Serioja, tête contre tête et mêmes yeux bleu-gris, ils allaient honorer l'antique tradition des colombes. Au-dessus d'eux – comme elle se souvenait de tout ! – la grande coupole, la croix et la lune d'or, et dans un bruissement d'ailes et de prières, les colombes lâchées au-dessus du parvis. À l'intérieur, il fait chaud à cause des cierges. Ils passent de main en main tandis que de lèvres à lèvres court le murmure « pour la Mère de Dieu » et les cierges parviennent enfin, comme en volant, devant l'icône vénérée. Sa prière à elle, au-dessus du marmonnement des vieilles – *Ma fille, aux yeux d'azur, garde-la bien, éclaire-la si elle s'égare, dirige-la sur la voie du bien. Garde-la de la pompe des mots, qu'elle ne devienne pas comme moi rapace et sorcière.* Ils couraient vers la Moskova pour suivre le vol des colombes. La glace déjà se fendait sous les premiers assauts du printemps et ses craquements se mêlaient aux cloches lancées à toute volée.

Serioja viendra en Crimée ! L'homme n'a pas tourné les talons que déjà sa décision est prise. Partir ! Retourner à Feodossia, à Koktebel ! Retrouver Assia dont Marina sait seulement qu'elle est quelque part là-bas, retrouver Max et Pra seuls dans leur grande maison de Koktebel. Attendre avec eux le retour de Serioja.

Son excitation d'alors, et celle d'Alia, toutes deux courant en tous sens pour rassembler leurs affaires. Leurs allées et venues dans l'escalier, les bras chargés, empilant dans les charrettes des Tatares tout ce qu'elle leur cédait à des prix dérisoires pour ne pas perdre de temps en vains marchandages.

Ils ont pris le coffre rapporté de Feodossia, plein de ses robes d'été et de celles d'Alia. Elle les avait sorties une dernière fois, les avait dépliées sur le lit, essayant avec la main d'en effacer les plis qui marquaient de jaune les étoffes autrefois éclatantes et douces. Toutes ces robes étalées devant elle ! Celles pour sortir le soir, en satin et en soie, celles pour aller en visite l'après-midi chez les amis, et d'autres qu'elle gardait pour la maison, et des chemisiers de toutes les couleurs... Et les tenues d'Alia, si petite encore et qu'elle rêvait de vêtir en enfant aristocrate du XVIIIe siècle ! Elle lui avait fait coudre des robes aux broderies somptueuses, des gilets, des tabliers, une pelisse en laine bouclée d'un beau rose doré, un manteau de laine, un autre en toile de soie marron.

Avaient-ils vraiment existé ces jours d'essayage chez la couturière ? – Tournez-vous, Marina Ivanovna, et avancez doucement. Quel bel effet sur vous que cette soie mordorée ! Votre visage en est tout épanoui ! s'exclamait la couturière et elle, sûre de sa jeunesse et de sa beauté, excitée et joyeuse, souriait à sa silhouette dans la glace, à la robe légère et à l'évocation des sifflements joyeux des jeunes gens se retournant sur son passage – *Les hommes m'aiment incontestablement. Les femmes... Passons !*

Tout est parti dans les charrettes bringuebalantes et elle a encore ajouté de la vaisselle, des verres à pied, un guéridon, des étoffes, des boîtes en écaille, des gants de soirée, un mantelet, une pendule... Elle a vendu les nids d'ange d'Irina et ses manteaux aux femmes tsiganes du boulevard Novinski, qui allaient avec leurs grandes jupes et leurs châles effrangés, flanquées d'enfants bruns. Elles en auraient plus besoin qu'elle, qui partait pour la Crimée où il fait doux même en hiver. Les feux flambent dans les pièces et on y jette des sarments de vigne qui craquent et s'enflamment dans une odeur d'encens. Elle racontait cela à Alia qui affirmait se rappeler de Feodossia, de la mer qui lui semblait un mur bleu, du caftan blanc brodé d'argent de Pra, des roses rouges et de leurs épines.

Elle a trouvé à louer sa chambre, le salon et la salle à manger à des Polonais, et abandonné ce qu'elle n'avait pas vendu dans la chambre d'enfant. Il restait beaucoup à faire : acheter les billets de train pour elles trois, obtenir les laissez-passer, recopier des poèmes dans des petits fascicules qu'elle avait cousus elle-même pour les vendre à la Bibliothèque des

Écrivains, préparer des vivres pour le voyage dont personne ne savait combien de jours il durerait.

Puis, la nouvelle est tombée. Les combats faisaient rage en Crimée. Plus question de départ, ni de retrouvailles avec Serioja. Il aurait été bien trop dangereux de se mettre en route.

L'appartement était occupé. Où vivre désormais ? Elle se souvint de la pièce sous les combles. Serioja avait habité là quelque temps. Il restait un grand lit, une table, des étagères et un fauteuil. De quoi avait-elle besoin d'autre ! Sur le même palier, se trouvait une cuisine éclairée par une lucarne au carreau noir de suie, avec un évier et un poêle encombré de cendres et de bûches à moitié calcinées. Elle le nettoya, descendit les seaux de cendre, mit de côté ce qui restait des bûches. Aidée d'Alia, elle balaya la cuisine, tira une table sous la lucarne, disposa près du poêle la hache, le baquet et les chiffons, les casseroles, les bidons, les sacs pour les courses et, sur la table, le samovar et un vieux réchaud à pétrole retrouvé dans un placard. En laissant la porte de la cuisine ouverte, elle pourrait maintenir la chaleur dans la chambre, située juste en face.

Le fauteuil servirait de lit à Irina parce que le sien ne tenait pas dans la pièce. Marina dormirait avec Alia dans le lit de Serioja, suffisamment large pour elles deux. Elle déposa ses livres, ses carnets et les livres d'Alia sur le bureau, les jouets d'Irina dans un coin de la pièce, près du fauteuil, plia leurs vêtements dans la commode et suspendit les quelques robes qui lui restaient à un portemanteau.

Épuisée et couverte de poussière et de cendres, elle contempla son nouvel univers.

Elle vivrait selon son rêve. Une seule pièce, comme au sommet d'une tour, le ciel tout proche, un large rayon de soleil qui chauffait son bureau à l'heure de midi et séchait l'eau gouttant à travers la fenêtre disjointe. Ses livres et ses carnets. Ceux d'Alia. Les jouets d'Irina.

Mon palais-grenier !
Entrez : une montagne de manuscrits.
Voilà ! Tenez-vous bien, serrez à droite,
Ici il y a une mare : le toit est percé.

De tout ce que les années, les événements et les gens avaient accumulé dans sa vie et dans ses armoires, il ne lui restait presque rien – *que le strict nécessaire, pour le cœur,* écrivit-elle dans son carnet, le soir même, et plus tard dans la nuit – *La pauvreté est un bien-être infini. Mes deux plus pures sources de joie sont les livres et le pain.*

Bien sûr, il y avait la peur pour Serioja, les pensées pesantes à cause d'Irina, la vie absurde passée en courses et en tâches ménagères, le peu de temps accordé à la poésie et les événements extérieurs dont elle se tenait éloignée malgré les rumeurs qui couraient dans les marchés et dans les boutiques, et ternissaient tout. Pourtant, en se rappelant ces jours du printemps 1919 et l'installation au palais-grenier, c'est le mot « joie » qui lui est venu à l'esprit.

Comment parler de cette joie-là, si différente de celle éprouvée alors qu'elle était encore enfant, à la Maison des Sables ? – Je suis née en ce monde pour être heureuse ! criait-elle à Assia en dévalant la pente qui menait aux berges sablonneuses de l'Oka, parmi les roseaux et dans le cri des milans au-dessus de l'eau, les mains et les lèvres rougies des baies cueillies aux buissons des sentiers. Cette joie était mêlée d'angoisse et de regret pourtant comme une fêlure dans le léger du jour. Les vacances sont si brèves. Déjà le sorbier est nu.

Les vapeurs et les trains de bois amorcent leurs dernières descentes du fleuve. Le soir arrive vite et l'humidité tombe sur le jardin. Leur mère tousse derrière la porte refermée de sa chambre. Elles n'aiment pas y pénétrer à cause de l'odeur de l'éther et de celle des roses pourrissantes dans un vase abandonné. Et cette autre joie, profonde, charnelle, ressentie plus tard auprès d'Alia en Crimée… Une joie gorgée de trop-plein d'amour, de soleil, d'adéquation au monde qui l'entourait, cafés, bazars, plages de galets où elle se baignait furieusement, promenades, rires et disputes, nuits de lune claire et limpidité de la lumière à l'aube quand elle sortait pour donner les restes de jambon aux chiens couchés au seuil de la cuisine avant l'arrivée de la cuisinière qui les chassait à coups de torchon. Joie encore de sentir à ses chevilles la caresse soyeuse d'une nouvelle robe, de surprendre le regard des gamins des rues, des commis et des crieurs de journaux quand elle passait, faussement indifférente et sûre de son allure. Joie de l'été dans le jardin de la rue Annenski où elle somnolait, engourdie et heureuse, le visage enfoui dans l'herbe, observant la progression d'une fourmi sur la tige d'une marguerite, Alia assise à califourchon sur son dos, et dans l'embrasure de la fenêtre, Serioja, pâle et souriant dans tout l'éclat de ses yeux gris-bleu-vert. Joie de goûter à l'été russe authentique, vert de l'herbe, bleu du ciel, blanc et rouge des marguerites et des coquelicots, bourdonnement des abeilles et des mouches. Il ne manquait, pour être tout à fait parfait, que le jaune fauve des champs de blé à Taroussa, le sable des sentiers brûlant la plante des pieds sous la semelle de tille, le parfum de la résine chauffée au soleil et les pommes de pin collant à la paume de la main. Joie menacée aussi, tant est marquée à son cœur l'ombre de la disparition et de la mort de ce qui fut.

Il s'est éteint au-dessus de Feodossia
Ce jour de printemps, à jamais !
Le souffle court de tristesse,
Je m'en vais seule sans une pensée,
Les longs bras abaissés suivent la ligne de mon corps.
Je vais le long des remparts fortifiés,
Dans ce triste soir de printemps.
Le soir allonge les ombres
Et le désespoir cherche ses mots.

La joie éprouvée en ce printemps 1919 est l'inverse de celle éprouvée en Crimée, fût-elle lézardée d'inquiétudes. Elle n'est plus profusion mais dépouillement. Il est si simple d'être heureux quand tout manque. Avec Alia, elle a appris à aimer le plus petit morceau de pain, le poêle même quand il est encore froid car il est promesse de chaleur, les arbres mutilés par les coupes sauvages car il subsiste encore des branches qui fleuriront au printemps, le soleil qui ne parvient pas à faire fondre la neige mais la pare de reflets bleu acier, le maigre butin glané dans les squares. Ce ne sont que des brindilles, une boîte d'allumettes, une pomme de pin mais ils suffisent pour allumer le samovar et verser un thé bouillant dans les tasses. Elles se glissent sous la couverture. Alia s'étrangle d'émotion en lisant *Le Merveilleux Voyage de Nils Holgersson*. Il est question de forêts, de rennes, de gnomes et de fantômes. Elles grignotent un morceau de pain gratuit car ce matin, miracle ! Un cri au-dessus de leur tête dans la queue – Aujourd'hui, on donne le pain ! Et dans son carnet, elle écrit – *Comme je suis infiniment reconnaissante à Dieu, pourvu seulement que Serioja soit vivant, de cette année 1919 !* Elle s'étonne elle-même de la phrase, lancée sur la page comme si elle l'avait criée à travers la pièce, à la face d'un destin dont elle refuse la menace et la part d'inconnu. Oui, elles sont heureuses. Oui, Alia apprend beaucoup en ces jours de dénuement. Oui, Alia est gaie, aussi gaie et insouciante qu'elle. Et libre comme elle de s'en tenir à l'essentiel, non parce qu'elles y sont forcées mais parce qu'elles aiment toutes les deux le ciel, les livres, la poésie, l'obscurité des églises et le coin sombre des icônes – *Alia ! Le ciel est plus précieux que le pain !*

Il y a plus encore. La Révolution ne l'a pas seulement dépouillée de ce qu'était sa vie d'avant. Elle l'a libérée de maintes obligations et pesanteurs. Celle de se vêtir et de paraître – et maintenant, une unique robe de basin et un manteau qui a depuis longtemps perdu ceinture et boutons. Celle d'avoir peur de l'inconnu dans la rue puisque le danger est partout, et qu'il suffirait de crier *Vive le tsar* pour mourir. Celle de ne plus voir les amis qui ne sont pas les vrais amis mais des connaissances imposées par un code social périmé. Rencontrer au contraire ceux qui ne vous ressemblent pas, ceux qui viennent d'ailleurs, qui ne lisent pas de poésie ni ne font de musique car la Révolution en affamant les habitants de Moscou les a soudés en une solidarité qui ne se joue pas dans les salons mais au marché de Smolensk, dans les files d'attente devant les cantines, dans l'allégresse partagée d'une distribution imprévue de sucres d'orge, dans la rencontre avec le paysan qui charge le traîneau d'un peu plus de bois qu'elle n'en a acheté – Pour vos enfants, la bourgeoise ! –, avec celui-là qui a quatre cigarettes et en donne deux pour la route.

Le printemps 1919 a été doux et soyeux, dans un air transparent, et quand elle caressait du doigt les chatons duveteux aux branches des arbres, observait le vol des étamines d'or, le feuillage vif des haies fleuries, les aubépines sauvages dans les parcs, elle oubliait l'escalier sans lumière, le poêle si long à chauffer, les pommes de terre pourries sous la table, les chiffons, ses livres et ses carnets éparpillés sur le lit et le bureau, couverts de cendres de cigarettes. Elle oubliait Irina, partie à la campagne chez Lilia.

Elles étaient seules, Alia et elle, deux vagabondes, unies dans un même dénuement et une même joie, le pas vif sur les pavés, promptes à ramasser trois fleurs tombées d'un bouquet – ou d'une couronne mortuaire, qui sait ? – pas tout à fait fanées encore et qu'elles mêlaient aux pois de senteur et au réséda achetés pour quelques kopecks sur le boulevard Novinski à une petite Tsigane. Elles portaient les fleurs à la chapelle de l'icône de la Vierge d'Ibérie, leur préférée à toutes les deux, à la porte de la Résurrection. Coupole étoilée, icônes noircies, candélabres d'argent, voile d'encens, cierges plantés en cercle dans le sable d'un portant de fonte, visages graves sous les foulards fleuris, sol sillonné de baisers et de pleurs... Son père se serait réjoui, lui qui se désolait de la voir si peu religieuse à l'adolescence, s'offusquant de découvrir le portrait de Napoléon sous la veilleuse dans le coin des icônes – *Les personnes qui ne gardent pas le respect de Dieu ont parfois un destin malheureux*, prédisait-il. – *Aujourd'hui que Dieu est bafoué, je l'aime !* lui répondait-elle par-delà les années. En écho, derrière elle, la voix d'Alia – *Oh Marina ! La joie secrète des églises !*

Elle n'est pas dupe. Aujourd'hui, elle mesure combien elle a biaisé pour tenir cette joie inviolée dans son âme. Avait-elle le choix ? Comment survivre si ce n'est en transformant la vie en jeu ? Alors, elle a joué à l'année 1919 avec le palais-grenier pour décor et pour personnages principaux, le pain, la hache, le samovar et le poêle, Alia, Irina parfois. Tout événement, même banal, même désespérant, devenait une aventure. Le sac trop lourd à l'épaule, la distribution arrêtée devant elle alors qu'elle s'est levée à l'aube, le pain qui manque encore et toujours, la grossièreté d'un passant bousculé par mégarde, les chaussures trempées d'avoir pataugé dans la neige fondue, la montée exténuante de l'escalier avec le chargement de bûches. Alia qui maigrit et devient plus pâle de jour en jour. Irina qui ne parle toujours pas ou à peine, dévore des pommes de terre sans les mâcher et garde un petit visage souffreteux. Serioja qu'elle voit mourir en rêve ou disparaître sans retour, et dont elle n'ose même plus écrire le nom. Elle joue quand elle court dans la rue, le bidon sautant sur sa hanche, le cabas porté comme s'il était une pochette de bal, le manchon, mité, dans lequel elle glisse ses mains comme s'il était de zibeline et qu'elle partait écouter chanter les Tsiganes au Yar. Elle joue quand elle s'habille comme une nonne, d'une robe couleur de bure, cintrée à la taille par un ceinturon militaire, la tête couverte d'une capeline verte, les cheveux rasés – car ainsi en a-t-elle décidé en ce printemps 1919 – et qu'elle va, en hâte, sous l'œil étonné des passants, dans le cliquetis de ses bracelets en argent avec à chaque doigt une bague.

Elle s'imprègne de tout, en rêve, endormie ou éveillée, elle ne le sait plus vraiment. Elle rédige des pages pour un récit futur, l'épopée qui sera celle du palais-grenier, de l'enfance d'Alia, celle de Moscou affamé et gelé, des passants, des amis, des disparus, des tués en ces temps de guerre civile… Elle absorbe de tout son être le ciel, les arbres, la démarche de la Tsigane qui va devant elle – la femme a fini par se retourner, peut-être a-t-elle senti l'insistance du regard dans son dos, elle lui a saisi la main et a prédit, tes pensées sont en grand dérangement mais tu vas avoir une joie venue de Perse… Elle absorbe aussi la petite marchande de cigarettes aux lèvres très rouges, et la vieille femme assise par terre qui chantonne – oh cette coïncidence ! – la comptine d'Irina. « Joue, joue, joue pipeau ! Divertis mon cher père, divertis ma chère mère. Moi pauvrette, on m'a abandonnée dans la sombre forêt, on m'a tuée pour une soucoupe d'argent, pour une petite pomme vermeille. »

26 septembre, jour de ses vingt-sept ans. Irina était chez Lilia. Elle a fêté son anniversaire avec Alia. Ce fut un jour de fête malgré le brouillard qui noyait la ville. Alia lui a lu une longue lettre, exaltée et brouillonne, mêlant rêves, récits et serments d'amour. – *Pourquoi pour votre anniversaire, les cloches ne sonneront-elles pas ? Mais ça ne fait rien ! Je vous offrirai mes cloches. Je vous aurais offert avec plaisir plein de roses. Je vous en aurais recouverte tout entière, je vous aurais offert une cape.*

Elle ne lui a donné ni roses ni cape mais deux pommes de pin, deux bougies, du sel versé dans un dé à coudre et un petit morceau de savon, le tout posé sur ses mains ouvertes et présenté comme une offrande – *Je suis l'enfant la plus heureuse au monde puisqu'il m'est donné de voir votre fête pauvre mais joyeuse.*

Ce jour-là, il y eut aussi le miracle d'une distribution gratuite de pain et d'une soupe apportée par Elizaveta Goldman, accompagnée de poisson séché, de betterave râpée et de pommes, et vers le soir, à l'heure silencieuse où les ombres commençaient de ternir le palais-grenier, à cette heure où elle éprouvait plus vivement sa solitude, on frappa à la porte. C'était le prince Volkonski, venu la voir en cette après-midi-là justement, comme un ultime cadeau d'anniversaire. Elle avait fait sa connaissance peu de temps auparavant grâce à une lettre qu'elle avait osé lui adresser. – *J'écris le mot « prince » et je me sens transportée…* Volkonski, écrivain et homme de théâtre, de plus de trente ans son aîné, n'avait pas aimé qu'une jeune femme inconnue lui écrive. – *En qualité de vieil homme, je considère de mon devoir de vous avertir qu'on n'écrit pas à des inconnus. C'est un manque d'éducation. Je dois vous dire que c'est d'un toupet monstre !* Il était bon et sans vanité. Il lui a pardonné son sans-gêne et ils sont devenus amis. Il montait parfois la voir, ne s'offusquait ni de l'ampoule cassée qui l'obligeait à une ascension dans le noir, ni du désordre, ni des cendres partout répandues, ni des épluchures qu'elle n'avait pas balayées, ni des chiffons suspendus en travers de la pièce.

Elle le fit entrer, l'installa dans le fauteuil d'Irina, tira près de lui une chaise – elle la brûlera bientôt dans le poêle faute d'autre combustible – et récita les poèmes qu'elle voulait bientôt publier. Ils ne le seront pas, peu importe. Ils partagèrent des galettes de seigle qu'il avait apportées, elle lui versa un café. Il l'interrogea sur sa vie, si dénuée de tout, lut sa devise, tracée à la craie sur le mur. « Être vaut mieux qu'avoir ». – *Vous avez raison. « Avoir », c'est le quotidien. « Être » c'est la vie sublimée.* Mais quand même… Il s'inquiétait. Que deviendrait-elle quand elle n'aurait plus ni bois, ni allumette, ni pommes de terre ?

Elle rit et lui répondit par un poème dont quelques vers étaient griffonnés sur son carnet, qu'elle achèvera plus tard.

– Que vous arrivera-t-il quand finira le bois ?
– Le bois ? Mais un poète a toujours
En réserve des paroles de feu !
L'année présente ne nous fait pas peur…
Si le poète est dépassé par cette année dix-neuf
L'année de peste, l'an maudit de Moscou,
Alors sans pain nous survivrons bien
Du toit au ciel – ce n'est pas loin !

À l'automne, le jeu a tourné court. Elle a été rattrapée par la réalité et il a bien fallu composer avec elle, c'est-à-dire avec leur solitude, la faim qui tenaille l'estomac, l'étrangeté d'Irina, le danger dans la rue, l'arbitraire aux distributions, les drapeaux rouges, les récits glaçants, comme cette histoire entendue à la gare de Smolensk, d'un jeune homme exécuté et jeté dans la fosse commune du cimetière Kalitnikov. Sa mère riait comme une démente en prédisant que son fils ne mourrait pas puisqu'il avait deux bosses sur le front, signe d'une longue vie et lui, pendant ce temps, hurlait dans sa cellule – Dites à maman de s'arranger pour qu'on ne me fusille pas ! Moyennant quinze mille roubles, le fossoyeur a exhumé le cadavre et l'a rendu à sa mère pour qu'elle l'enterre selon le rituel orthodoxe dans une tombe, sous une croix, avec l'encens et les prières d'un prêtre. Cet autre récit, cet autre jeune homme, attaqué à coups de couteau qui a agonisé tout le jour en gémissant qu'il voulait vivre et qu'un autre meure à sa place, et qui est mort quand même à la nuit, abandonné derrière une palissade le long de laquelle, indifférents, filaient les passants.

La violence, bien réelle, ne l'a pas épargnée non plus. Une nuit de pleine lune, un vaste ciel étoilé. Deux heures après minuit. Elle rentre d'une soirée chez des amis. Un homme surgit d'un porche. Elle remarque très vite : tenue militaire, casquette et sous la casquette, mèche folle. Jeune, dix-huit ans, pas plus. Et tout aussi vite pense à ses bracelets et ses bagues en argent, ses cigarettes, ses seuls trésors. Et le sac en cuir qui appartient à Serioja, donc un trésor aussi. Le garçon s'énerve et essaie de lui arracher la chaînette qui retient sa lorgnette. À la clarté de la lune, l'éclat soudain d'un revolver que le garçon, maladroit et fébrile dans ses gestes pour la dépouiller, colle presque contre son visage. – Abaissez le revolver, et prenez la chaîne à deux mains. Vous m'étranglez. – Ne criez pas, dit-il menaçant. – Vous voyez bien que je parle tout doucement. De l'autre côté de la rue, quatre hommes font le guet. Un cri. – Camarades ! Il part en courant, suivi des quatre autres. Il a réussi à lui voler son porte-cigarettes et ses cigarettes, la chaîne avec la lorgnette, et le porte-monnaie vide.

Le lendemain, elle a appris qu'il avait été assassiné à l'aube par un de ses complices. Il était l'un des trois fils du bedeau d'une église voisine, tout juste rentré du bagne à la faveur de la Révolution. On l'a retrouvé baignant dans son sang, à quelques mètres de la rue Boris-et-Gleb.

Peu de temps après, Nadia a disparu. Un matin, Marina l'a attendue en vain. Elle devait partir. Il n'y aurait plus de pain à la distribution si elle tardait trop. Alia a refusé de rester seule avec Irina. Nadia allait sûrement arriver. Ce n'était qu'une question de minutes. Elles ont laissé Irina dans le fauteuil, barricadée derrière des chaises et des couvertures, et elles sont parties toutes les deux. Nadia n'est jamais venue. Irina a réussi à escalader les chaises. Dans la cuisine, elle a attrapé un demi-chou acheté la veille. Elle s'est assise sous la table et l'a mangé. À son retour, Marina l'a trouvée allongée dans ses vomissures, gémissant, les mains posées sur son ventre. Il ne restait rien du chou. Irina avait tout mangé. Les premières feuilles avec les côtes épaisses et les feuilles plus tendres, jusqu'au cœur.

Le lendemain, Nadia n'a pas réapparu, ni aucun autre jour de la semaine et elle n'a donné aucune nouvelle. Il n'était plus question de sortir sans attacher Irina à une chaise. La corde bien serrée, la chaise poussée contre la table et sur la table un jouet et un morceau de pain ou une pomme de terre. Nadia pourrait bien ressurgir un jour ou l'autre sans prévenir. Elle détacherait Irina et s'occuperait d'elle.

Au bout de deux semaines, Marina a fini par admettre que Nadia ne viendrait plus. Au marché de Smolensk ou à celui de Sukharevsky dont elle était une habituée, quelqu'un saurait peut-être quelque chose. Au milieu de la foule en plein air, des charrettes à bras et des étals dressés sous les toiles de tente, les langues se déliaient sans trop de crainte des mouchards. Les vendeurs criaient, les acheteurs se pressaient en files compactes que fendaient les petits chevaux des paysans et qui se reformaient aussitôt dans les protestations et les injures. On racontait ce que l'on avait appris, la main devant la bouche, le foulard ramené contre le visage, la casquette baissée. Une exécution, un tabassage nocturne, un appartement vidé de ses habitants et de ses meubles en moins d'une demi-heure à l'aube, le camion garé dans la cour, un suicide ou une noyade suspecte dans la Moskva. On repérait vite une casquette, des bottes qui signalaient le soldat, le milicien ou le policier. C'était plus difficile avec les mouchards, gris dans la grisaille, blafards comme les autres et avec le même air traqué, le regard aux aguets, le coup d'œil furtif, la main rapide à soupeser un sac ou tâter une étoffe.

Marina apprit le sort de Nadia au marché de Sukharevsky. Une affaire de troc lui avait coûté sa liberté et sans doute, déjà ou dans les jours prochains, serait cause de sa mort. Elle devait récupérer un sac de pommes de terre déposé dans une rue discrète près de la gare par son fils venu de la campagne. Un milicien les attendait et les a arrêtés tous les deux.

L'histoire a rempli Marina de terreur et de tristesse. Elle a menti à Alia, inventant une fable de train supprimé et d'interdiction d'entrer dans Moscou pour les villageois. Elle s'est persuadée qu'Irina ne se rendrait compte de rien et elle a entamé des démarches pour la placer à la crèche. Quand elle la couchait dans le fauteuil, elle devinait dans le noir ses yeux grand ouverts, fixés sur le plafond, et au bout de quelques instants, elle l'entendait qui chantonnait doucement, d'une voix à peine audible, « Pipeau zoue Pipeau zoue ». Alia, compatissante, lui dédia deux petits vers – *Irina ! Aime ta vie et tâche de pleurer très peu.*

Cette année-là, l'hiver est arrivé brutalement à la mi-octobre. Il a soufflé un vent glacial et les arbres ont perdu leurs feuilles en une journée. Alia a attrapé la coqueluche. Puis ce fut au tour d'Irina de tomber malade. Elizaveta Goldman lui donna ce conseil : qu'elle se rende de bonne heure à la consultation de la doctoresse Lavrova, 37 rue Pliouchtchikha. Là, elle obtiendrait un certificat témoignant qu'Alia et Irina étaient malades, et elle aurait droit à des rations supplémentaires.

Il fait encore nuit quand Marina arrive rue Pliouchtchikha. Elle s'assied sur une marche du perron devant la porte d'entrée. Ils sont nombreux à attendre un médicament, un certificat de maladie, un bon pour un sanatorium, une autorisation d'hospitalisation…

Le soleil s'est levé mais il fait de plus en plus froid. À neuf heures, la porte s'ouvre enfin et c'est la lente montée de quatre étages vers le bureau des consultations, en file les uns derrière les autres avec des haltes interminables. Marina s'inquiète pour ses filles, restées seules à la maison. Elles dormaient encore quand elle est partie à l'aube. Mais maintenant ? Elle a posé en évidence une pomme de terre pour Irina. Alia la lui donnera à son réveil. Le poêle est allumé. Irina n'ira-t-elle pas s'y brûler ? Et la hache qu'elle a laissée par terre dans la cuisine ! Elle imagine le pire. Irina attirée par la lame, qui la retourne et se blesse. Alia, si peureuse, tétanisée et hurlante.

Il est trois heures de l'après-midi quand arrive enfin son tour. Elle est épuisée, en larmes. La doctoresse tape du poing sur la table – Mais cessez donc de pleurer ! Elle tente faiblement de se défendre. – J'étais là ce matin à sept heures… – Expliquez-moi plutôt pourquoi vous êtes là ? Elle s'embrouille. Alia, Irina, la coqueluche, les distributions insuffisantes pour deux enfants malades et le prix du bois qui ne cesse d'augmenter… Comment chauffer toute la journée et toute la nuit ? Et les fenêtres qui laissent passer des courants d'air froid, et la neige fondue qui fait des flaques sur le parquet, et…

La doctoresse l'interrompt durement. Des histoires comme la sienne, elle en a entendu mille aujourd'hui, elle est fatiguée et de toute façon, elle a distribué tous les certificats qu'elle était autorisée à délivrer. Elle ne peut plus rien pour elle. Qu'elle tente sa chance ailleurs… Le docteur Poloektov, peut-être, rue Nikolo-Peskovski. Elle ne connaît pas le numéro. Qu'elle demande aux passants…

La visite n'a pas duré cinq minutes.

Marina court dans la rue, monte l'escalier sans reprendre son souffle. La voix plaintive d'Alia l'accueille au seuil du palais-grenier – *Oh Marina ! On se sent si bizarre sans vous ! Les livres sont tristes, le poêle est triste. J'ai mal à la tête, je ne me sens pas bien, je vois tout dans un brouillard…*

En hâte, elle enlève son manteau, le jette sur la chaise. Irina est assise sur le sol, tout à fait immobile, le regard perdu, un reste de pomme de terre dans la main. Ses pieds nus sont glacés. Elle la recouche, prise d'un sentiment de pitié et d'angoisse comme elle n'en a jamais éprouvé.

L'après-midi a passé et la nuit est tombée. Elle s'est occupée du poêle, des pommes de terre. Elle a coupé du petit bois et mis à chauffer le samovar. Il lui faut maintenant aller chez ce docteur Poloektov. Elle tourne un long moment dans les rues obscures, incapable de trouver son chemin. Les trottoirs sont déserts, elle redoute une mauvaise rencontre. Voilà la rue Nikolo-Peskovski mais quelle maison est la bonne ? Elle pousse des portes, colle son nez aux boîtes aux lettres pour lire les noms, ne voit rien, s'affole. Enfin, l'immeuble et le nom – Docteur Poloektov ! Elle se trompe d'étage, monte et descend, se heurte à un homme dans l'escalier qu'elle n'a pas vu et qu'elle manque de renverser. Il la renseigne. Le médecin est à l'étage au-dessus. Porte de droite. Elle reste le doigt en suspens sur la sonnette. C'est gênant de sonner à une heure aussi tardive. Elle est prête à pleurer, épuisée par sa course, par l'incertitude, par la peur d'une rebuffade. Le médecin l'accueille en souriant, la rassure. Non, elle ne le dérange pas. Malheureusement, il n'a aucun médicament pour ses filles. Qu'elle leur donne du lait chaud avec un peu de sucre et veille à ce qu'elles n'attrapent pas froid. Un bon feu dans le poêle. De l'eau quand la fièvre monte, des chiffons humides sur le front. Le médecin est compatissant. Il passera les voir. Gratuitement. En attendant, il délivre le certificat et dépose trois morceaux de sucre dans sa main.

Le certificat et les tickets supplémentaires ne lui ont été d'aucun secours, ni la visite du médecin. Sans explication et pendant cinq jours, toutes les distributions ont été suspendues, celles de la Très-Pure, de la cantine Prague et du jardin d'enfants. Elle a couru à l'ex-boutique Gueneralov en espérant y trouver du pain. Mais le volet était descendu et il n'y avait plus personne dans la rue. Alia et Irina somnolaient sous la couverture. Elle apercevait à peine leur petit visage devenu terreux à force d'avoir faim et froid. Elle avait l'impression que ces jours-là étaient les pires qu'elles aient eus à vivre. La maison était plongée dans le silence. On n'entendait ni voix ni pas dans l'escalier, aucun des bruits habituels, la scie du voisin, la chute d'un broc de fer-blanc, le claquement de la porte d'en bas… – *La neige est partout, partout la mort et le sommeil…*

Elle a fini par donner raison à son amie Lidia qui l'a suppliée de confier Alia et Irina à l'orphelinat de Kountsevo. Envoyer Alia à l'orphelinat, c'était reconnaître qu'elle était vaincue et qu'elle avait lutté en vain tous ces mois passés, et que leur joie secrète, d'elles seules connue, n'aurait plus cours dans leur vie. – Elles ne résisteront jamais à cet hiver dans votre grenier glacé ! argumentait Lidia. Encore une suspension de distributions et elles meurent toutes les deux de faim ! Là-bas, elles seront nourries et dormiront au chaud. L'établissement accueille les enfants des soldats de l'Armée rouge tués au combat. Ne dites pas que vous êtes leur mère. Tout le monde doit croire qu'elles sont orphelines. Inventez-leur un père mort en héros !

Chaque mot s'est fiché dans son cœur alors qu'elle se tenait la tête basse, essayant de résister au désespoir. Ne connaissait-elle pas Lidia depuis l'enfance ? Son mari n'était-il pas le médecin de l'hôpital voisin de l'orphelinat ? Ils habitaient sur place. Lidia serait à l'orphelinat en moins d'une demi-heure s'il se passait quoi que ce soit.

Elle a cédé. Alia et Irina partiraient.

La nuit précédant le départ, elle a soigneusement préparé le panier d'Alia. Elle a lavé son linge, reprisé un pantalon de laine pour qu'elle ait bien chaud, pris soin de tracer des lignes dans son cahier, rassemblé ses livres familiers, un plumier avec un nouveau crayon à encre fin et un porte-plume,

La Lanterne magique, le recueil de poèmes qu'Alia préférait, et, glissées entre les pages, une photo d'elle à Feodossia et une petite gravure d'une jeune fille jouant du luth. Pour Irina, elle se contenta de mettre dans son panier une robe de basin gris, un chandail et son chiffon.

Le matin, elle réveilla Alia très tôt et lui fit ses recommandations. – *Frappe quand on te frappera. Ne baisse jamais les bras ni la tête, sinon on te brisera. Le principal : mange le plus possible, ne te gêne pas, c'est toi qui dois manger le plus ! C'est l'unique raison pour laquelle je t'envoie là-bas ! Ne dis pas que je suis ta mère. Tu es une orpheline, c'est un jeu, une aventure, la grande Aventure de ton enfance. Tu seras sale, le crâne rasé, avec un numéro autour du cou. Tu auras l'impression que c'est pénible. Mais c'est tout le contraire. Un jeu pareil ! Tu te rends compte comme c'est extraordinaire !*

La voix brisée, Alia ne faisait que répéter – Oh, Marina ! Oh, Marina !

À neuf heures précises, Lidia frappe à la porte, énorme dans un manteau de fourrure, son visage disparaissant sous un gigantesque capuchon – Tempête de neige ! Couvrez-vous bien ! Il est temps de partir !

Alia se laisse habiller comme un mannequin. Deux robes, le pantalon de laine, une veste bleue, celle qui fait tant ressortir ses yeux et par-dessus, la pelisse confectionnée par la couturière de Feodossia, qui n'est plus qu'une sorte de mantelet râpé d'un rose fané.

Pendant ce temps, Lidia revêt Irina de sa robe d'indienne et d'un gilet blanc sale, et lui enfile une veste ouatinée donnée par Nadia.

Dans le traîneau qui fonce à travers Moscou puis dans la campagne, Marina tient Alia serrée contre elle, protège son visage des rafales de neige avec son châle noir orné de roses, s'agace d'Irina qui marmonne son exaspérant « aïe doudou aïe doudou ». La neige ne cesse de tomber, le paysage défile. Des champs blancs et des sapins rigides. Le ciel immense, cotonneux. Le frottement des patins. Le traîneau monte des pentes, file dans des creux. Des collines succèdent aux étendues monotones. Des étangs gelés et des fûts noirs. Silence fragile sous le rideau de neige qui couvre tout, étouffe les bruits des bois et des champs. Tout le monde se tait, même Irina. Leurs mains et leurs jambes sont tout engourdies. La vapeur monte au-dessus de la croupe des chevaux. Le dos du cocher est un bloc blanchi par la neige et, dans l'air, la lanière du fouet décrit des voltes sans qu'on l'entende claquer.

Au fond d'une combe apparaît une maison en bois avec des piliers rouges. Elle est éclairée par une lampe à l'éclat jaune. À l'écart, un chien fouille dans un seau à ordures en grognant. Dans la maison, il fait très chaud. C'est l'heure du repas. On les pousse vers le réfectoire. Des enfants courent partout, vêtus de longs vêtements de laine troués. De grandes marmites sont posées sur des trépieds. Quelqu'un crie – *Les filles, apportez le sel ! Le sel ! Le sel !* Une femme assied Irina sur un banc avec une cuillère en bois beaucoup trop grande pour sa petite main. Devant elle, sur une table, une écuelle avec de la soupe. Irina se balance. Elle chante. Une voix dit – *Elle est tout à fait nigaude cette petite fille !* Et Marina, avec une jubilation mauvaise, acquiesce – *Ah ! Rien à redire là-dessus !*

– Eh bien aujourd'hui est un grand jour ! Vous avez remarqué la quantité de soupe servie ? Et elle sentait plutôt bon ! s'exclame Lidia.

Il faut partir. Alia a le droit de les raccompagner jusqu'à la porte. – *Oh Marina ! Je voudrais vous enlacer des quatre coins de mon âme !*

– Aletchka, n'oublie pas, je t'aime, je n'aime que toi !

À nouveau, le traîneau. La neige, les sapins, les congères. La gare, enfin.

Lidia reste à Kountsevo. Marina rentre seule rue Boris-et-Gleb.

En descendant du train, elle s'est sentie portée par une étrange allégresse. Ne venait-elle pas pourtant d'abandonner Alia et Irina dans un orphelinat au fond d'une combe inhospitalière, comme dans un conte de marâtres et d'orphelins ? L'arrivée en gare, l'animation sur les quais et le brouillard rose qui planait au-dessus de la ville – semblable à une lueur étouffée d'incendie remarqua-t-elle – effacèrent la pénible impression de Kountsevo, repoussèrent au loin l'inquiétude éprouvée en traversant la forêt. Tout la réjouissait. Les gamins qui lui tendaient des cigarettes avec effronterie, les paysannes assises sur le trottoir malgré le froid devant leur étal de feuilletés, la Tsigane diseuse de bonne aventure déjà rencontrée – Vous trouverez l'apaisement grâce au roi de cœur et à votre maison. Son exclamation – Plaise à Dieu ! Ô la voie du cœur ! et le rire de la Tsigane qui connaît la juste valeur de ses mensonges. L'achat, dans une échoppe de la rue de l'Arbat, d'une boîte de cigarettes Iava. La première depuis la Révolution. 130 roubles, plus que le prix d'un pain entier ! – par simple joie d'être de retour à Moscou.

À la maison, le cahier d'Alia l'attendait sur la table, l'encrier et la plume. Et ses mots. – *Marina ! Je sens que bientôt tout ira bien pour vous. Vous pourrez manger autant que vous voulez, écrire autant que vous voulez. En revanche, vous n'aurez plus mon âme entre vos mains ! Marina ! Ne pleurez pas ! Jouez ! Riez ! Quand vous aurez du mal à cause de la nourriture, je vous enverrai du pain, tout ce qu'on donne là-bas de solide à manger. Laissez-moi mourir, laissez-moi vous embrasser. Quand je serai grande, je serai inconsolable comme Serioja. Oui, j'ai compris ce que c'est que la vie ! Une seconde de succès et après, des jours, des mois, des années sans amis ! Bruits de hache, bruits d'Irina, bruits de cœur. Les pommes de terre cuisent à gros bouillons, des gouttes tombent sur le poêle brûlant. Le bois crépite doucement, mon cœur bat, Irina se balance. Marina ! C'est que je meurs, j'écris, je vis ! Je vous aime. Je meurs. Comme je vous aime ! Vous êtes ma vie, je vis pour vous. Vous me charmez tellement. Si vous n'avez pas besoin de moi, dites-le-moi.*

La claire conscience de son geste alors, toute joie envolée, le regret, la douleur, la solitude. – Quand les enfants ne seront pas là, vous vous sentirez plus libre ! lui ont dit les amis. Vraiment ? Est-ce être libre que de demeurer seule toute la journée ? Le crépitement des braises, le choc sourd de la hache sur la bûche qui éclate, la casserole sur le réchaud, l'odeur de feu et de soupe, le linge mouillé au-dessus du poêle, le livre retourné sur le lit, laissé là par Alia… Cette vie de multiples répétitions. Rien n'a changé en apparence mais – *pas une âme, pas un son de voix humaine, le désert glacé de la chambre.* Alia n'est plus là. Elle prend son carnet – première strophe.

Petit esprit de la maison,
Génie familier, la voici la séparation
Des deux sœurs d'inspiration.

La tasse de café réchauffe sa main, la lampe dessine un ovale orange sur le papier, les mots tremblent dans la fumée de la cigarette. Le ciel est d'un bleu coupant à travers la fenêtre festonnée de givre. Les autres vers suivent.

J'ai mal quand le poêle est chaud
Et que tu ne le vois pas !
À la porte : étoile de ma nuit

Tu ne vas ni te lever, ni te coucher.
Tes petites robes accrochées
Sont comme un fruit défendu.
À la fenêtre du grenier
Un jardin fleurit en vain…

Les heures ont passé. Le ciel a viré au mauve, puis au noir. Il s'est empli d'étoiles. Elle a achevé le poème.

Les pigeons frappent à la fenêtre !
Avec eux on s'ennuie,
Les vents m'envoient leur salut
Qu'ai-je à faire des vents !
Ni les pigeons en volée
Ni les vents blancs
Ne sauront de ta voix
Dire comme toi : « Marina ! »

Premiers jours de décembre. La ronde des heures a recommencé comme avant avec cette seule différence de n'avoir qu'un seul repas à rapporter. Pour le reste, avec ou sans Alia, avec ou sans Irina, c'était le même tourbillon absurde. Files d'attente, bousculade à la distribution, cabas, bidon de fer-blanc et le retour, les escaliers dans l'obscurité parce que l'ampoule n'a toujours pas été remplacée, le poêle éteint, la pièce froide, la lessive qui trempe dans le baquet depuis deux jours, trois jours, elle ne sait pas, la sciure, les cendres, les casseroles, le balai qu'elle saisit machinalement sans même enlever son manteau.

Elle était fourbue, d'âme et de corps, sans ressort ni force pour écrire, ou à peine quelques phrases brèves, jetées sur la page. – *Personne ne sait quel désert est ma vie. À peine ai-je plongé dans la journée que je relève la tête et c'est la nuit. Je sais ce que je suis : une Danseuse de l'Âme.*

Elle notait aussi ses rêves de Serioja, tous bizarrement situés dans la région d'Oufa, le lointain Caucase, où Serioja avait fait une cure de lait de jument, quelques mois après leur rencontre. Il soignait là-bas son asthme nerveux. Elle l'avait accompagné, bravant les remontrances inquiètes de son père. Les lacs, la forêt, les tentes des Bachkirs, elle revoyait tout en rêve.

Elle a composé un poème. Puis elle l'a brûlé mais elle le sait encore par cœur, comme la marque de son état d'esprit d'alors.

Je ne veux plus manger, ni boire, ni vivre.
Mais – bras croisés, laisser flotter, ivres,
Mes yeux sur l'horizon, ce songe creux.
Ni pour la liberté – ni contre – mon Dieu ! –
Je ne lèverai le petit doigt !
Mon vœu : ne plus respirer – bras en croix.

Et cette exclamation, jaillie de son cœur, prononcée à voix haute, seule dans le palais-grenier, le visage baigné de larmes – *Oh mon Dieu ! Il y a tant de neige cette année ! Tant de neige et si peu de pain !*

Elle n'a eu ni l'envie ni le courage d'aller voir ses filles à l'orphelinat. Il a fallu un message de Lidia, porté par un soldat de Kountsevo, pour qu'elle se décide. « Il semble qu'Alia soit tombée malade. De la fièvre et mal à la tête. Les surveillantes ne l'ont pas levée ce matin. Elle pleure beaucoup. Venez. »

Le trajet en train vers Kountsevo puis le chemin vers l'orphelinat lui semblent ne jamais devoir finir. De la gare de Kountsevo à l'orphelinat, il n'y a pas plus loin que de la rue Boris-et-Gleb à la place de la Loubianka, et c'est toujours tout droit, a dit Lidia. Mais Marina est myope, ne voit pas à dix mètres, ne sait pas s'orienter, pas même à Moscou, sa ville.

Elle s'est habillée trop vite, n'importe comment. Son manteau ne ferme pas, ses bottes la blessent. Elles sont trop grandes et elle n'a pas de caoutchouc. Elle glisse sur la neige, s'enfonce, tremble de froid et de peur. Et si elle se perdait ? Mourait gelée dans ces étendues silencieuses ? Et si elle arrivait trop tard ? Oh ! Alia !

Elle tire sur une cloche dont ne sort nul son – il n'y a plus de battant –, frappe à la porte. Une grappe d'enfants apparaît dans l'embrasure. Une femme de charge les houspille et les chasse comme elle le ferait d'une nuée d'oiseaux. Ils partent en piaillant.

Alia est allongée sous une couverture crasseuse, bien trop légère alors qu'il fait si froid dans le dortoir. Elle porte sa petite robe écossaise en laine, aussi sale que la couverture. Ses yeux sont rougis par la fièvre et les larmes. Ils paraissent plus grands encore, disproportionnés même, à cause de son crâne rasé et de sa figure amaigrie. – Oh Marina ! Que de malheurs ! Que de malheurs ! Les enfants ont déchiré mon cahier et la couverture du livre, celui que vous préférez, et j'ai mal à la tête et aux oreilles, et je ne tiens pas debout ! – *Alia ! Ce n'est rien tout ça ! Ce ne sont que des bêtises ! Calme-toi ! Je t'emmène d'ici !*

Mais Alia s'agite et pleure – *Pourquoi m'avez-vous laissée là, Marina ? Si vous saviez ! Il n'y a pas de crochet ici, sinon je me serais pendue depuis longtemps ! C'est la première fois de ma vie que je suis dans un tel désespoir !*

Une surveillante s'agace – Évidemment qu'elle a mal à la tête ! Elle n'arrête pas de pleurer depuis hier !

Marina aide Alia à s'habiller avec les vêtements propres et chauds qu'elle a apportés, et rassemble ses affaires dans son panier. – Vous la couvrez bien trop ! C'est mauvais ! grince la surveillante.

Marina fait mine de ne pas entendre le reproche. Ni de voir Irina, misérable, qui erre seule entre les lits. Ni de remarquer que la femme la colle et ne la quitte pas des yeux, et s'étonne quand elle la voit donner une galette et un morceau de sucre à Alia – *Mais comment se fait-il que vous ne donniez rien à la petite ?*

Marina se raidit. – *Seigneur ! Priver Alia ! Pourquoi Alia est-elle tombée malade et pas Irina ?!!* songe-t-elle en colère.

La surveillante ne s'éloigne pas et montrant du doigt Irina qui sort du dortoir, elle demande d'une voix soupçonneuse – *Mais dites-moi donc, elle est à vous cette enfant ? Vous l'avez abandonnée dans un appartement ou quoi ? Elle est incapable de dire quoi que ce soit ! Elle crie ! Elle crie ! Elle n'arrête pas de crier ! Elle a visiblement eu beaucoup faim, ça fait peine à voir.*

Dans le couloir, des garçons bousculent Irina. Elle se laisse tomber par terre et se tape la tête contre le sol. En rage. La directrice arrive à cet instant, écarte une fillette qui veut relever Irina – Laisse-la ! Que personne ne fasse attention à elle, elle s'arrêtera plus vite.

Marina observe la scène de loin, se garde bien d'approcher, remarque qu'Irina n'a pas grossi. Elle a peut-être même maigri. Le visage est un peu changé, il est encore plus sérieux. Les yeux gris-vert sombres sont écarquillés. Elle ne sourit pas. Les cheveux sont en bataille. Elle est la seule, apparemment, qui n'a pas été rasée.

Une femme s'approche, pose sa main sur sa tête. Irina se redresse, le visage enfiévré, sa petite bouche serrée – *Toi, il serait bien que tu dormes un peu maintenant, tu me fais pitié. En plus je ne sais pas où te coucher ! Tu vas encore faire.* Elle l'allonge sur un lit, à même le matelas protégé par une alèse, la recouvre d'une couverture. – C'est Elena, une surveillante qui ne crie jamais, explique Alia. Irina ne veut qu'elle pour manger. Elle n'accepte rien de personne, ni pain, ni pomme de terre, ni caresse, sauf d'Elena.

C'est l'heure du repas. Il est distribué dans le dortoir pour les enfants alités. De l'eau chaude avec quelques feuilles de chou et une cuillère à soupe de lentilles que les petits mangent une à une. La femme de charge passe avec une bassine de fer-blanc et ramasse la vaisselle. Les enfants pleurent et agrippent leur assiette. – Ce soir, ce soir, crie-t-elle en repoussant leurs mains.

Il y a eu une nouvelle crise avec Irina qui s'est salie encore une fois. Il a fallu nettoyer le matelas, changer l'alèse, mettre à sécher sa robe d'indienne rose.

Vêtue d'une chemise trop courte et de la pelisse d'Alia – laissée à regret car Irina n'a plus rien à se mettre, a dit la surveillante –, elle déambule à nouveau entre les lits, s'éloigne dans le couloir, se tient en équilibre au bord du grand escalier. Silencieuse, solitaire, le regard vide.

Les marches sont énormes, les arêtes tranchantes. La rampe est cassée.

Marina est avec Alia sur le pas de la porte, toutes deux prêtes à partir. Elle lève la tête. – Irina, sors-toi de là. Tu vas tomber ! La ritournelle de la petite fille assise sur la première marche – Pas tombée, pas tombée… et va tomber… et se casser ! Son exaspération à elle. Personne n'est donc là pour surveiller Irina ! Et si elle tombait vraiment et obligeait à retarder le retour à la maison ! La gare est loin. Le ciel est chargé. Elle redoute la tempête de neige, les congères, les ténèbres, les sapins noirs.

Mais Irina reste en haut de l'escalier, tordant le cou pour regarder en bas. Pour regarder la porte d'entrée qui s'ouvre. Pour regarder sa mère et sa sœur qui partent et la laissent.

Ou peut-être pas. Que regarde-t-elle, la petite, étrange Irina ? Les flocons de neige qui s'épaississent déjà et l'émerveillent ? La béance noire ouverte sur les sapins plus noirs encore ? S'en effraie-t-elle ?

Marina ne s'attarde pas à chercher de réponses. Elle jette un dernier regard vers Irina. Quelqu'un dehors approche le traîneau. Il faut sortir et refermer la porte.

– Alia ! Vite, bonheur de ma vie, il est temps de partir !

Le silence est ouaté. Tout est blanc et noir. Elle installe Alia dans le traîneau, la couvre d'une couverture de cocher. Elle entend un pleur. Irina ? Un autre enfant ? Puis le cri d'une surveillante, comme au premier jour – Les filles, apportez le sel ! Le sel ! Le sel !

C'est fini. Le traîneau file sous les arbres. Elles attraperont le dernier train pour Moscou. Bientôt, les bûches flamberont dans le poêle, la soupe bouillonnera sur le feu. Elle mettra des tapis sur les fenêtres. Il fera chaud. Elle lira à Alia la lettre écrite en son absence pour fêter leurs retrouvailles. – *Ma petite Alia ! Je te remercie pour tout : pour les mégots, pour les épluchures, pour les allumettes, pour le baquet, pour ta patience infinie, pour ta ferveur sans pareille. Tu m'as rendue heureuse, tu as remplacé pour moi : l'eau qui gelait, le pain trop cher, le feu absent du poêle. Tu étais pour moi plus que ça : tu étais le Sens, la Joie, la Splendeur de ma vie.*

Lundi de Pâques. Dans les églises retournées au silence, les bougies brasillent, fument et s'éteignent. Par la fenêtre monte l'odeur des arbustes en fleurs et du café que fait griller à l'étage en dessous Elizaveta Goldman. Marina a relu le carnet d'Assia jusque tard dans la nuit et s'est couchée le cœur battant et l'âme à vif à cause des souvenirs ramenés en pleine lumière – avec le remords, le chagrin et l'incompréhension.

Ce terrifiant hiver 1919, la neige partout, le noir, la hâte, sans cesse, pour ne pas mourir de faim et de froid. Et Irina abandonnée. Maltraitée. Affamée. Oubliée jusqu'à la longue et terrible lecture de cette nuit.

Maintenant, elle épie les bruits de l'aube. Ils sont furtifs, des secrets chuchotés d'une rue à l'autre, d'un arbre à l'autre, d'une âme à l'autre. Le ciel est embué de mauve au-dessus des toits. Éclat, sonorité, fragilité de la lumière rasante comme d'un fil étiré de cristal. Elle connaît ces instants où tout s'aiguise. La souffrance et le chant, la lucidité, la tension, l'émotion. Voilà que sourd d'elle la poésie et ses doigts ne sont pas assez rapides, ni la plume sur le papier qui griffe et se casse, pour écrire là tout de suite ce qui survient d'un coup sous sa main et dans son âme.

En mourant j'aurai des regrets pour les chansons tsiganes
En mourant – des regrets pour mes bagues,
La fumée de cigarettes, l'insomnie, la volée légère
Des lignes sous la main.

La suite maintenant, composée presque d'une traite. À peine a-t-elle hésité sur un mot, l'a biffé, en a choisi un autre. Elle y reviendra peut-être, elle en doute, elle est sûre d'elle d'emblée.

De mes pauvres écrits la tour de Babel,
De mes lettres et des autres, le mont de feu,
La fumée de cigarettes, l'insomnie, la confusion légère
Des fronts sous la main.

Elle s'émerveille, non pas tant de ses vers que de cette magnifique et joyeuse énergie qu'elle met parfois à les composer. À qui faire part de son émerveillement ? À qui expliquer ce presque état d'extase quand elle compose, fait corps avec ses mots ? – *Personne n'a besoin de mes vers ! Je n'écris que pour moi, pour faire passer le souffle dans ma vie et ma journée. C'est tout simplement une divine consolation.*

Qui pourrait comprendre ? Alia sûrement. Alia, précieux réceptacle de sa poésie. Alia – *petit esprit de la maison, mon génie familier, ma sœur d'inspiration* – qui s'écrie, un soir de froid et de faim, enfouie sous une couverture trop légère, alors qu'elle-même s'efforce de faire partir un feu avec du bois humide. – *Marina ! J'aimerais construire une maison pour les poètes et que le feu brûle dans les cheminées, que le café fume et eux ne feraient rien qu'écrire des vers !*

Mais Alia dort profondément. Les émotions de Pâques l'ont épuisée. Trop de nourriture pour elle qui aime si peu manger. Trop d'imprévu, d'excitation et de joie faisant irruption dans le palais-grenier où règnent habituellement le silence et l'obscurité.

Marina doit sortir si elle veut acheter du café. Chez les Tatares, elle en trouvera un vrai, noir et odorant, qu'ils vendent à qui leur demande, pour un prix exorbitant.

En se dépêchant, elle a le temps d'aller et de revenir avant le réveil d'Alia. Elle n'a plus à s'inquiéter d'Irina et des bêtises qu'elle pourrait faire en son absence, dangereuses pour elle et pour Alia. Une brise fraîche écarte les pans de son manteau qu'elle n'a pas pris le temps de bien fermer. Elle respire à fond. Il lui semble que ses poumons se déplient dans un froissement de soie. Ses yeux brûlent et pleurent. Le froid ? Ou la joie soudaine de cette course solitaire dans les rues désertes ?

Quelques Tatares sont là, assis sur un tas de tapis. Café ? Elle tend ses billets. Deux cent cinquante roubles. L'un d'eux s'éloigne et revient quelques minutes plus tard avec un sachet en papier marron d'où s'échappe l'arôme d'un vrai café, tout juste grillé.

– Hé la bourgeoise, vous faut-y du bois ?

Un paysan se tient devant elle avec son charreton, la mine réjouie. C'est l'heure où les hommes arrivent des villages, chargés de sacs de bûches.

Tous les deux, tirant et poussant, ils apportent jusqu'à la rue Boris-et-Gleb un plein sac de bois de bouleau. Elle grimpe les escaliers à toute vitesse, vérifie qu'Alia dort encore et redescend avec une ration de tabac et quelques roubles. Le paysan s'éloigne. Elle monte les bûches sous les combles, les scie en tronçons assez courts pour entrer dans le poêle mais d'abord, elle en arrache l'écorce blanche. Il n'y a rien de mieux pour allumer le feu.

Il faut que ce bois leur dure, non qu'il soit le meilleur à brûler car le bouleau se consume vite, mais il est odorant et crépitant.

Elle se souvient des feux de cheminée à Taroussa, comment elle-même, à huit ans, l'âge d'Alia aujourd'hui, elle dénudait les bûches et déchirait l'écorce en lambeaux, rugueuse à l'extérieur, douce et humide à l'intérieur, les jetait dans le feu, observait les flammes bleues qui s'élevaient. C'était la fin de l'été. Dans les paniers à linge, les pommes attendaient d'être apportées au marché. Les seaux étaient pleins de baies et de champignons. L'armoise fraîche laissait un goût amer dans la bouche. Les derniers bois de flottage descendaient le cours de l'Oka, les maîtres flotteurs les arrimeraient en aval d'ici. Elle avait peur des maîtres flotteurs, ces draveurs dont la menaçait sa gouvernante – Ils vont venir et ils vont te tuer. Les Flagellantes ne quittaient plus leur maison au toit bas, occupées à faire cuire dans de grandes bassines de cuivre les fruits tardifs, au rouge passé, gorgés de sucre et de soleil. Elle regardait, avide et triste déjà de la fin de l'été, les femmes en noir et blanc qui tournaient les longues cuillères de bois ruisselantes de sucre et de jus rougi et lui tendaient un bol – Goûte la confiture, fillette ! La nourrice, effrayée par les moniales dont les visages luisaient à la chaleur du feu, leur foulard rabattu sur les épaules, leur longue robe traînant dans la poussière, tachée de mauve, de rouge, de noir, la tirait par la main et répétait – Les draveurs vont venir et ils vont te tuer.

Dans les ornières fleurissaient les dernières roses. Les rats quittaient les champs et couraient vers les greniers à foin. Un parfum de framboises et de pluie entrait par les fenêtres, sa mère, seule dans le salon, jouait du piano et, dans le jour déclinant, une tristesse sans raison se déversait sur les hôtes de la maison.

Elle met la casserole de lait sur le réchaud et place dans une soucoupe les miettes du koulitch, quelques amandes et des morceaux de fruits confits. Alia, qui se réveille à peine, contemple ces minces reliefs de Pâques comme s'il y avait là un trésor, et ses yeux brillent de joie. – *Oh Marina ! Dans cette pièce, tout n'est que misère, luxe, poésie, amour !*

On frappe à la porte. C'est Lilia, venue apporter une soupe à la viande de bœuf et aux légumes. Alia se jette à son cou, raconte les surprises de la veille, le cadeau d'Andreï, le koulitch et la pashka, dans un récit tout emmêlé et entrecoupé de rires et d'exclamations.

Lilia sourit et l'embrasse. Elle s'installe sur le divan, les mains posées sur ses genoux, paisible. Elle a ignoré la sciure par terre, les éclats de bois, la hache, la robe et le tablier d'Alia accrochés à la fenêtre, le fil en travers de la pièce et les chiffons tout juste lavés qui gouttent sur le sol, ne s'est pas indignée comme d'autres visiteurs – Mais vous ne pouvez pas vivre dans ce taudis ! Il faut tout vendre et déménager !

Elle était la Lilia de Koktebel, assise sur un banc au soleil, suivant des yeux Serioja qui allait et venait sur la plage de galets, l'accueillant elle, Marina, nouvelle venue dans leur vie à tous les deux, avec ce même sourire indulgent et tendre. Et plus tard, à Feodossia, avec Alia, un an à peine, qui lui apporte des fleurs et répète « Lilia, Lilia, Lilia », qu'elle prend dans ses bras en riant. Et Marina, au bord des larmes, de la chambre où elle se tient, observe la scène, ouvre son carnet, le premier de tous, celui-là même offert par Lilia pour son anniversaire, dans lequel la rose n'a pas encore séché, dont toutes les pages sont vierges, et elle inscrit – *Jalousie – c'est par ce mot superbe et à moi étranger que je débute ce cahier*. Lilia avec Irina, revenant de Bykovo, toutes les deux joyeuses et hâlées, assurant qu'Irina a fait beaucoup de progrès, qu'elle marchait tout à fait bien, mangeait presque seule, se balançait moins et connaissait deux strophes de « Pipeau, joue ». Lilia qui n'a plus jamais parlé d'Irina depuis ce jour où Marina lui a annoncé sa mort d'une pneumonie à l'orphelinat, qui ne s'est enquise ni de l'enterrement ni de l'emplacement de sa tombe. Lilia qui savait qu'il n'y aurait pas de réponse à ses questions, et qui s'est tue malgré tout l'amour qu'elle portait à Irina. Lilia, assise là, dans le taudis qu'est devenu le palais-grenier et, posé sur la table, le quart en fer-blanc empli d'une soupe qu'elle a faite elle-même, avec les légumes de Bykovo dont elle revient et comme il a dû lui peser de n'avoir pas, cette fois, emmené Irina.

Elle s'est levée, prête à partir. – Merci pour la soupe, Lilia, merci pour tout…

Marina voudrait la retenir, ne trouve pas les mots. La phrase meurt sur ses lèvres. Elle refoule ses larmes. Le silence de Lilia à propos d'Irina est pire qu'un reproche.

– Marina, je peux prendre Alia avec moi si tu veux. Cela lui fera du bien d'être quelques jours à la campagne.

Elle retrouve dans ces simples mots toute la délicatesse de Lilia quand elle venait chercher Irina – Marina, si tu veux..., comme si c'était une faveur qu'elle lui faisait de laisser ainsi partir Irina, alors que toutes les deux le savaient, c'était une délivrance, la perspective de quelques heures, de quelques jours sans le tourment d'Irina, sans l'agacement mêlé d'angoisse devant son regard vide et son balancement incessant, seule avec Alia, leurs livres et leurs carnets, les moments passés à regarder les promeneurs et les musiciens dans le kiosque, sur un banc du boulevard Prechistensky en grignotant le pain dérobé à la cantine du jardin d'enfants – *Marina ! Regardez ce que je vous apporte là !*

Elles descendent les marches dans le noir. Alia est déjà arrivée en bas. Lilia lève la tête et dit, comme poursuivant une conversation qui pourtant n'a pas eu lieu – Ne t'inquiète pas, Marina, Serioja est vivant, vous aurez un fils, tout peut encore aller bien.

Un courant d'air monte du rez-de-chaussée et traîne avec lui des effluves de brûlé et de bois mouillé. Marina a envie de hurler dans la cage d'escalier redevenue silencieuse – Oh comme je voudrais un garçon ! Oh ! Comme je voudrais un garçon !

Vite, elle griffonne quatre vers au dos d'une note laissée par la couturière de la rue Illinka qui a taillé l'hiver dernier un manteau pour Alia dans un couvre-lit.

Ainsi, sorti du noir de l'insomnie,
Des hautes tours du Kremlin
M'est apparu dans l'armée avant l'aube
Celui qui doit encore venir : mon fils.

Les bûches de bouleau éclatent dans le poêle. Marina s'est servi une tasse de café, semblable à du goudron, qu'elle boit en fumant une cigarette, les yeux mi-clos. Temps suspendu dans le palais-grenier et dans son quotidien. Pas obligée de courir, de marchander, de porter, ni même de parler et de sourire. Miracle de Pâques peut-être que cet instant rare, aussi rare que la saveur de ce café et l'odeur du bouleau dans les flammes. Même le tabac, d'ordinaire si piquant, lui semble doux.

Le calme est trompeur malgré la flambée et le silence du palais-grenier. La vision s'impose soudain. Glaciale, blanche comme l'était alors la place aux Chiens qu'elle traversait quand elle a aperçu le traîneau de la directrice de l'orphelinat. Il neigeait ? Elle ne sait plus. Mais elle ressent encore l'humidité qui perçait ses semelles trop fines et le poids de son cabas. Une mirifique distribution de pommes de terre avait été annoncée. Elle avait couru en acheter pour Alia qui, ce matin-là, avait moins de fièvre et elle n'avait pas craint de la laisser seule une heure.

La place aux Chiens, la neige collante, la fontaine sans eau, le traîneau devant l'entrée de la Ligue de secours pour les enfants, et la directrice qui lui fait signe de loin. Elle s'approche – Vous êtes madame Tsvetaeva ? La petite Irina… Eh bien, elle est morte hier.

Elle s'est figée devant le traîneau, son sac à provisions pesant à son bras, et c'était là sa seule sensation, le poids du sac de pommes de terre. Le petit cheval bai frappait les pavés de son sabot. De la paille dépassait du traîneau. La directrice la regardait, indifférente, en attente peut-être d'une réaction. Larmes, cris, protestations… Comme Marina restait là, figée, muette, le regard absurdement fixé sur la bouche de la directrice, celle-ci précisa, la voix morne – *Elle est morte de faiblesse, sans être malade. Elle ne voulait plus rien manger…*

Elle a répété ces mots – *Elle ne voulait plus rien manger.*

Puis comme venue de loin, traversant une rumeur – celle de la circulation peut-être, mais non, aucune voiture ne passait et quand bien même, la neige aurait étouffé le moindre bruit – cette annonce qu'elle aurait préféré ne pas entendre, ne pas comprendre, ne pas retenir surtout. – On l'enterre demain au cimetière de Kountsevo, à trois heures. Avec deux autres enfants, morts de la dysenterie, ceux-là.

Elle a oublié comment elle a pris congé de la directrice. Elle se revoit montant les escaliers avec les pommes de terre de plus en plus lourdes. Alia, assise sur le lit, joyeuse, avec ses yeux immensément bleus – *Marina ! À l'orphelinat, vous savez ce qui me consolait de votre absence ? Les trains et la poésie !*

Sa décision à elle, immédiate. Ne rien dire à Alia. Ou pas tout de suite. Un jour, quand elle serait complètement guérie, quand elle saurait recevoir l'affreuse nouvelle. Irina est morte à l'orphelinat. De faiblesse, sans être malade… Mais maintenant, se taire. Mentir aux autres, parler de pneumonie, ne donner aucun détail, supplier qu'on ne parle plus d'Irina devant elle et devant Alia.

Le lendemain, elle n'est pas allée à l'enterrement. À trois heures, elle a ouvert son carnet – *Monstrueux ? Oui, vu de l'extérieur. Mais Dieu qui voit mon cœur sait que si je ne suis pas allée lui dire adieu, ce n'est pas par indifférence, mais parce que je ne POUVAIS PAS. Je n'allais pas la voir, vivante ! Alors…*

Elle est morte de faiblesse, sans être malade. Elle ne voulait plus rien manger, a dit la directrice. Ce matin, seule dans le palais-grenier, alors que craque et gémit le bois de bouleau dans le poêle, et que sa cigarette, abandonnée sur le bord de la table, se consume sans qu'elle y prenne garde, Marina n'a plus de doute. Elle sait. Irina est morte de faim. Sa fille est morte de faim. La petite Irina gloutonne, qui avalait sans mâcher et réclamait encore et encore du pain et des pommes de terre, est morte de faim.

Il aurait suffi de si peu pour la sauver. Une tartine. Une pomme. Un petit morceau de viande, une tasse de lait, un bol de gruau, quelques légumes bouillis. Une poignée de sucre candi. Une crêpe de son comme elles en avaient mangé – mais pas Irina – il y a si longtemps chez Balmont.

– Oh ! Irina ! Si tu étais encore en vie, je te nourrirais du matin au soir. Irina ! S'il y a une chose que tu sais : c'est que je ne t'ai pas envoyée à l'orphelinat pour me débarrasser de toi, mais parce qu'on m'avait promis qu'il y aurait du riz et du chocolat.

Au lieu de quoi, la mort de faim !

Elle voudrait pleurer mais ses yeux restent secs. Sa gorge est nouée à lui faire mal, comme une barre qui l'empêche de respirer.

Une évidence surgit, si brutale à sa conscience qu'elle se surprend à parler à voix haute – *Si même Irina n'a plus voulu manger, c'est que les affres de la mort étaient vraiment là !*

La mort est entrée en elle dès qu'elle a franchi la porte de l'orphelinat.

La maison aux piliers rouges, le chien famélique qui bouscule de sa gueule le seau de détritus, les pins si noirs, serrés en une couronne funèbre autour du bâtiment, les yeux démesurément grands des enfants, leurs vêtements trop légers. Les surveillantes exténuées, mal nourries, le visage blême, la peau tirée sur les pommettes. Elle revoit tout. Elle se revoit, elle, abandonnant Irina, dès le seuil, aux mains d'une surveillante, un grand cheval à la voix et aux gestes brusques. Elle entend l'exclamation exaspérée – Mais elle est tout à fait nigaude, cette enfant ! et se détourne pour ne plus voir Irina, assise devant une écuelle qui chantonne en tapant sur la table avec une cuillère en bois trop grande pour sa petite main.

– Irina ! Si tu étais encore en vie, je te nourrirais du matin au soir…

Que vaut cette promesse qu'elle ne tiendra plus ? Qu'elle n'a jamais tenue…

Les images se bousculent. Elle voudrait les repousser, n'y parvient pas. Alia et Irina somnolant sous les couvertures, et elle s'affairant devant le réchaud, l'automne dernier alors qu'il faisait si froid et qu'elles n'avaient presque rien mangé depuis des jours. Elle avait cuisiné une soupe avec ce qui lui restait de légumes, une sorte de bouillon plutôt où flottaient une carotte coupée en fins morceaux, les fanes et deux pommes de terre. Elle s'apprêtait à la verser dans deux assiettes posées sur la table mais laissa son geste en suspens. Ce dialogue avec elle-même, atroce, lui revient aujourd'hui avec une acuité douloureuse – *À laquelle donner la soupe : à Alia ou à Irina – Irina est plus petite et plus faible, mais j'aime plus Alia. Et puis de toute manière Irina est en mauvaise forme, alors qu'Alia tient encore le coup. Ou bien Alia avec de la soupe donc Irina sans soupe, ou bien Irina avec de la soupe donc Alia sans soupe.*

Voulait-elle sa mort alors en la privant de ces trois cuillères de soupe – car il n'y avait guère plus !

La veille même de leur départ pour l'orphelinat de Kountsevo, alors qu'elle préparait leur dîner, elle rognait ostensiblement et sans vergogne sur la part d'Irina pour nourrir un peu plus Alia. « Ostensiblement et sans vergogne… » Ce sont ses propres mots, écrits dans son carnet, en cette dernière nuit passée à fumer et à écrire car elle ne parvenait pas à dormir, tout au souci de quitter Alia et de la laisser partir vers un lieu inconnu et vaguement effrayant.

Fallait-il donc choisir entre ses deux filles ? Mais qu'a-t-elle fait d'autre en arrachant Alia à l'orphelinat pour la soigner dans le palais-grenier où, au moins, il ferait plus chaud, où madame Goldman aurait toujours pour elle un reste de gruau et de lait ? Pas un jour du mois de décembre, passé au chevet d'Alia délirant de fièvre, elle n'a pensé à Irina, seule à Kountsevo, laissée aux mains des surveillantes qui la tiraient brutalement de son lit parce qu'elle s'était encore salie, moquée par les enfants qui lui faisaient répéter n'importe quoi en beuglant de rire – Donn' pain, donn' kolkhoze… –, bousculée par tous qui se ruaient dans l'escalier quand sonnait la cloche du repas, et Irina restait en haut de l'escalier, effarée peut-être par la hauteur, par le vacarme des semelles de bois, par sa propre solitude que ne venaient rompre aucune visite, aucune caresse sur ses cheveux, aucun tendre « Chante-moi Pipeau joue, Irina… »

Elle a encore plus mal quand elle songe à la dernière scène, dans le bureau de la directrice qui s'apprêtait à signer la feuille de sortie d'Alia – Et Irina ? Elle vient aussi avec vous ? On ne peut pas la garder. Elle est visiblement arriérée cette enfant ! Il faut la placer dans un établissement spécialisé ! C'est à vous de vous en occuper !

La surveillante du dortoir était entrée à cet instant et elle insistait, l'air mauvais – *Et en plus, elle a toujours faim, toujours en train de se balancer, toujours en train de chanter. Quelqu'un dit un mot, elle le reprend et va le répéter de façon totalement absurde. Ah ! Ce n'est pas pour rien que chez nous, elle a un régime à part… Et cette habitude qu'elle a de faire la nuit ! On a beau la lever et la mettre sur le pot toutes les demi-heures, elle fait au moins trois fois dans la nuit ! Et pas moyen de la laver ! La canalisation est cassée !*

Elle n'avait rien dit, n'avait pas demandé – mais quel régime spécial ?! –, ne s'était pas insurgée contre cette femme qui arrachait Irina de son lit la nuit pour la mettre sur le pot, dans le froid du dortoir, les pieds nus sûrement sur le sol glacé.

Elle n'avait pas pris sa défense, n'avait pas dit – Mais enfin ! Ce n'est pas normal qu'elle se salisse ainsi. Un médecin est-il venu ? A-t-il vérifié qu'elle n'avait pas la dysenterie ? Et sa peau, ses fesses jamais lavées ! Dans quel état doivent-elles être !

Elle s'était tue, avec cette seule pensée en tête, fugace – Voilà pourquoi elle est si maigre, à se vider ainsi chaque nuit !

Puis, elle avait promis. Elle reviendrait bientôt chercher Irina. Dès qu'Alia serait guérie. Ce serait trop difficile de la soigner avec Irina à la maison.

Elle aurait promis n'importe quoi pour fuir cet endroit, retourner au plus vite dans le palais-grenier, avec Alia. Retrouver le grand lit, leurs livres et leurs carnets. Le gramophone et la musique tsigane. Le poêle. Le samovar. Le café des Tatares. Ce qui lui reste des cigarettes Iava. Être avec Alia, seules toutes les deux, sous les toits et donc près du ciel.

Une honte mêlée de désespoir l'étreint en pensant à Lilia qui, combien de fois ! l'a suppliée – Marina, je peux aller chercher Irina et la ramener chez moi. À chaque fois, elle l'a retenue, la dissuadant de faire le voyage, refusant de lui signer le papier qui aurait donné à Lilia l'autorisation de ramener Irina – Plus tard, plus tard, j'irai moi-même, répondait-elle.

Ses souvenirs s'emballent. Cette histoire entendue un soir dernier chez des amis. Quelqu'un l'avait lue dans les *Mémoires* d'une aristocrate française, une vieille dame qui, apprenant la mort de son unique petit-fils dans les rangs de l'armée napoléonienne, s'était écriée « Pauvre jeune homme ! Que je suis heureuse de ne pas l'avoir connu ! » Et elle, tout bas pour elle-même, comme on dirait un bon mot, sûre que personne n'entendra ni d'ailleurs ne comprendra – *Pauvre Irina ! Que je suis heureuse de ne pas l'avoir aimée !*

Même si les rations avaient été doublées à l'orphelinat, Irina serait morte. Elle le sait et nul besoin de longue dispute avec elle-même. Ce n'était plus de nourriture dont elle avait besoin. Irina était exsangue de n'être pas aimée. Le pain n'aurait pas comblé sa faim. Irina qui ne savait que réclamer du sucre et des pommes de terre serait morte même si une main secourable avait déversé devant elle des tombereaux de pommes de terre et de sucre candi, celui qu'elle préférait, et dont il arrivait parfois, sans raison, qu'il était distribué en abondance.

L'amour qu'elle lui a refusé aurait comblé sa faim. Elle le sait mieux que quiconque, elle qui ne peut vivre sans aimer et être aimée, qui préférerait mourir que de se retrouver dans ce désert de l'âme et du cœur.

Une petite fille est morte. Tant d'enfants sont morts depuis le début de la guerre, depuis l'éclatement de la Révolution. Sa petite fille est morte. Seule, ignorée. D'elle, il ne reste que trois photos et la vision d'un petit visage fermé, le regard vide, un chiffon plaqué contre la bouche, et derrière cette barrière de tissu, le marmonnement de deux ou trois syllabes, toujours les mêmes, « aïe doudou, aïe doudou » et cette pauvre comptine que Nadia lui avait apprise après bien des efforts, « Pipeau zoue Pipeau zoue Pipeau fus'lé Pipeau doré ».

Histoire de la vie et de la mort d'Irina : pour une petite enfant en ce monde il a manqué d'amour. Ce pourrait être le titre et le premier vers d'un poème. Ou une épitaphe qu'elle ferait graver sur sa tombe si elle savait où Irina a été enterrée et si elle a une tombe.

On a dû l'ensevelir dans le carré des indigents puisqu'elle n'était pas là pour rappeler son nom, son patronyme et sa date de naissance. Irina Sergueevna Efron. Née le 13 avril 1917. Morte le 16 février 1920 du nouveau calendrier. Le 2 février de l'ancien calendrier, au jour de la Présentation au Temple. Elle ne sait pas l'heure exacte de sa mort. La directrice n'a rien dit. Peut-être est-elle morte la nuit dans son lit et personne ne s'en est aperçu ? À moins qu'elle ne se soit réfugiée sous un escalier ou dans un cagibi et qu'elle soit morte là, sans bruit, sans personne pour la voir ni l'entendre, et un enfant, une femme de ménage, l'homme à tout faire de l'orphelinat l'aura trouvée par hasard, et le médecin appelé en urgence n'aura pas su dire à quand remontait sa mort...

– *Je ne saurai jamais comment elle est morte !*

Elle a crié ces mots dans le silence du palais-grenier, déserté de la présence d'Alia mais plus encore déserté du battement de la vie, de la joie absurde tant éprouvée en cette année 1919 malgré la faim, le froid, la peur, l'angoisse pour Serioja... Désertée même, elle le ressent maintenant, de la poésie, du foisonnement des mots, ceux-là mêmes qu'elle n'avait pas besoin de chercher, qui se pressaient dans sa tête, sur ses lèvres et elle riait en disant – *Ce n'est pas le temps qui me manque mais les mains !*

Oh Irina ! Que ressentais-tu au moment de mourir ? Un harassement de ton âme devant tant d'indifférence et de méchanceté ?

Alia l'a raconté. Tout le monde se plaignait d'Irina qui ne parlait pas, se salissait et ne savait pas tenir sa cuillère. La nuit, elle se tournait et se retournait dans son lit, s'agitait et si elle ouvrait les yeux et gémissait, Alia lui répondait par d'horribles grimaces. Le jour, elle la fuyait, s'éloignait d'elle dès qu'elle la voyait apparaître au détour d'un couloir, laissant les autres enfants la bousculer et se moquer.

Peut-être balançais-tu ton petit corps meurtri par la faim et le manque de soins ? Peut-être chantonnais-tu la comptine de Nadia ? Qui aurait pu te consoler si ce n'est Nadia et sa voix chantante ?

Quelles autres visions as-tu gardées ? Un fragment, peut-être, de la maison de la rue Boris-et-Gleb ? Alia ? Moi ?

Oh ! Irina ! As-tu compris ce qui se passait en ce dernier instant ? As-tu dit quelque chose ? Un de tes pauvres mots... Donn' pomm' de terre. Aïe doudou. Le cobeau est persé sur le sêne. Zi-zique. Pipeau, zoue, pipeau...

Sur quoi, sur qui as-tu posé ton dernier regard ?

La mort n'est pas entrée en Irina au seuil de l'orphelinat, ni même en cette terrible année 1919. Son ombre était déjà là, dès le début, dès ces mots écrits au jour même de sa naissance – *Irina.* Zufallskind. *Je ne ressens aucun lien. Pardon, Seigneur ! Que va-t-il s'ensuivre ?*

Dans le salon de la rue des Trois-Étangs, leur mère lit devant la cheminée. Assia s'approche et d'une voix doucereuse demande – *Maman, qui aimes-tu le plus ? Moi ou Marina ?*

Assia a huit ans ou à peine plus. On admire ses boucles dorées et l'éclat de ses yeux, sa vivacité mutine. On répète en riant ses mots d'enfant. On lui pardonne de mal jouer du piano et de pleurnicher pour des broutilles, d'inverser ses lettres quand elle écrit, de froisser les pages des livres. Marina a dix ans. Elle lit avec passion depuis l'âge de quatre ans, rêve de devenir poète, a le visage trop rond et des yeux de myope, ne se dérobe jamais aux deux heures quotidiennes de piano et n'attend nul compliment de sa mère pour la précision musicale de son jeu – *De toute façon, Marina n'y est pour rien. L'oreille juste vient de Dieu !*

Assia insiste – *Maman, ne dis pas que tu aimes tout également, cela n'existe pas « également », il y a quelqu'un qu'on aime toujours un tout petit peu plus.*

Leur mère lève les yeux de son livre, sourit à Assia. Et elle, l'aînée d'à peine deux ans, la moins jolie et la plus docile, elle attend le mot qui l'aurait clouée au malheur d'être moins aimée, que leur mère ne dirait pas mais qui pourtant était la vérité chaque jour constatée.

Maman, qui aimes-tu le plus… ?

Comme en écho à la petite Assia de huit ans, l'exclamation d'Alia, de sous la couverture où elles se tenaient toutes les deux, serrées l'une contre l'autre pour se réchauffer – *C'est si agréable pour moi d'être la seule à occuper tout ce cercle d'amour !* Et encore, cet adieu au seuil de l'orphelinat. Alia se colle à elle, les bras noués autour de sa taille. Irina est hors de sa vue. Marina ne lui a pas dit au revoir. À quoi bon ! Irina n'embrasse jamais, n'esquisse aucun geste d'adieu comme font tous les enfants, garde un visage inexpressif quand on l'emmène quelque part.

Elle trace le signe de la croix sur le chambranle de la porte, puis sur le front d'Alia, détache doucement ses mains. Elle doit partir. – *Aletchka, n'oublie pas, je t'aime, je n'aime que toi !*

La préférence pour Alia a été posée d'emblée. Par Marina. Par le destin. Par leur venue au monde si différente. La naissance d'Alia fut une irruption en pleine lumière. Tout de suite elle a pressenti en elle un *Wunderkind* et l'a aimée à la folie. La naissance d'Irina a été lugubre et froide, un lancer de dés hasardeux – un *Zufallskind*.

Elle aime à évoquer la naissance d'Alia. Elle voit la sage-femme et le médecin, leurs sourires à tous deux, les murs blancs et le rectangle ensoleillé de la fenêtre, le rideau doucement soulevé par la brise de septembre. La voix du médecin, encourageante et rassurante, la vue des bassines d'eau chaude qu'on apporte et des linges pliés sur le bras de la sage-femme. Bien sûr, il a fallu composer avec la douleur comme un cercle de fer autour du bas-ventre, les cris, la supplication que tout s'arrête enfin, la main broyée de la sage-femme dans la sienne. Et l'arrivée d'Alia ! La blancheur de sa peau, le sang, son pleur tout de suite. La lumière qui entre à plein dans la pièce, éclaire le sol, les instruments et jette un éclat sur le bord du berceau. Serioja gauche et intimidé, sur le pas de la porte. Et soudain, emplissant la chambre, les cloches d'une église voisine. Un tintamarre joyeux, couvrant les voix et tous d'éclater de rire, et la petite fille ouvre les yeux, écoute sans pleurer la musique de bronze fendre le ciel et le monde. Oui, telle avait été la naissance d'Alia à cinq heures et demie du matin, à Moscou, le 5 septembre 1912. Avec au cœur cette certitude : – *Ô comme tu seras aimée ! Tu seras une beauté, tu seras une étoile.*

La naissance d'Irina fut une mise au monde dans le chaos, un jour de neige fondue, sans soleil. La guerre, les premiers soubresauts de la Révolution, les rumeurs de massacres et de pillage, l'armée en déroute, l'abdication du tsar. Mais le pire : Serioja au loin, parti combattre, et dont Marina ne sait rien. Les hôpitaux sont pleins de blessés, la maternité est installée dans un orphelinat. Par la fenêtre, elle aperçoit une cour noire, un préau recouvert de tôle, des bassins de pierre emplis de détritus et des dizaines de petits aux cheveux rasés, engoncés dans des vestes toutes identiques, taillées dans des manteaux de l'armée. Les pleurs des nouveau-nés percent le brouhaha des enfants qui jouent dehors ou courent dans les couloirs. L'odeur de soupe et de poisson bouilli se mêle à celle de l'huile de ricin, du désinfectant et du savon.

Pas de grande souffrance lors de l'accouchement, non, mais un intense sentiment de solitude et de lassitude. Pas d'émerveillement non plus devant le tout petit être qui hurle dans le berceau – *Ne l'appelez pas Irina. Mieux vaut l'appeler carrément « Démon » !* dit-elle à l'infirmière.

Elle doit rester plus longtemps que prévu à la maternité. Le médecin lui a interdit de sortir car elle a attrapé une bronchite et elle se mettrait en danger si elle ne restait pas alitée au chaud.

Irina pleure ou dort avec ce petit ronflement des nouveau-nés qui l'exaspère autant que les pleurs. L'infirmière entre, emporte Irina, la ramène une demi-heure après, baignée et nourrie. Elle ne lève pas la tête de son carnet. – *Au moins,* écrit-elle à Lilia, *Irina m'a appris à penser... Quantité de projets – purement intérieurs (vers, lettres, textes en prose) – et indifférence totale à la question où et comment vivre. Mon – actuelle – conviction : l'essentiel – c'est naître, après tout s'arrangera.*

Les nuits s'écoulent interminables et si peu silencieuses à cause des gémissements d'Irina dans son sommeil, du frottement des pas dans le couloir, du heurt d'un objet tombé dans une pièce au-dessus et, de loin en loin, on entend une détonation, des cris, le martèlement d'une cavalcade.

Le printemps arrive enfin. Dans la cour, la neige et la glace se transforment en boue. Marina s'impatiente. Dehors, elle le sait, les bourgeons aux branches et les couleurs neuves des fleurs à peine écloses forcent l'hiver à reculer. Les palissades de bois sèchent sous les premiers rayons d'un soleil encore tiède. Des soupiraux ouverts dès l'aube s'échappent des odeurs de boulange malgré le rationnement. Elle a rêvé qu'elle passait devant un bistrot et des parfums de cigare, de vanille et de craquelins s'en échappaient. La sensation de respirer ces effluves était si réelle qu'elle s'est étonnée à son réveil de ne trouver sur la table de chevet qu'un jus chaud couleur de café, en fait de l'orge grillée, qui n'avait aucune odeur si ce n'est celle du filtre en carton à travers lequel il avait passé. Ce rêve et la déception qui l'a suivi aiguisent plus encore son impatience, la tournent en colère. La vie l'appelle, Alia, les promenades, les rues et les églises, les lectures – et tant pis pour le danger, les mauvaises rencontres, la maison mal chauffée, le pain trop cher, la vie incertaine, seule avec une petite fille et un bébé. Tout plutôt que le confinement avec Irina. – *Ô le silence lugubre d'un berceau voilé ! Il est plus facile d'être enfermé dans une cage avec un lion que dans une chambre avec un nourrisson. Irina, pardon !*

S'il faut aller plus loin dans la comparaison, aussi douloureuse soit-elle aujourd'hui, elle doit aussi se retourner vers les premiers temps de leur vie à toutes les deux.

Les dieux de l'amour et de la poésie se sont penchés sur le berceau d'Alia. Dieux de la liberté et de l'insouciance. Dieux du soleil et de la mer. Tous dieux de la Crimée, terre de légendes calcinée par le soleil. Leur bonheur d'alors est éclatant et ensoleillé comme le sont les couleurs de Feodossia, le blanc des murs craquelés sous la chaux et le rouge vif des roses. Tout s'exacerbe dans la lumière et la joie embrasées de la Crimée : la poésie, l'adoration pour Alia, l'amour pour Serioja, leur jeunesse, l'intense soif de vivre…

Elle en rêve encore, d'un rêve à moitié éveillé, qu'elle suscite dans les nuits interminables et brouillées de l'hiver. Hiver accroché aux arbres, au ciel et au cœur qu'elle troque, par magie, par la soif de tout son être, contre la Feodossia estivale, italienne, chaude. Contre le bruissement ininterrompu des grands arbres, la caresse sur sa tête du vent dans les feuillages, les petites boutiques éclairées, l'odeur sucrée de la fleur d'oranger, et celle des gâteaux au miel et des fours à pain – toute l'atmosphère de là-bas.

Rien de tout cela pour Irina au retour de la maternité et dans les semaines qui ont suivi. Pas de dieux, ni de soleil, peu d'amis, la fatigue. Et Alia penchée sur le berceau de sa petite sœur lui dédie ce poème :

Ma pauvre Irina !
Comme tu es née tard !
Au-dessus de ta tête volent plein de saletés !

Alia a raison. En cette fin d'hiver 1917, au marché noir, dans les queues devant les magasins vides, dans les journaux, on ne parle que des grèves dans les usines et des manifestations, des combats de rue, des crimes crapuleux, de la mutinerie des soldats et des exécutions sommaires des officiers, des incendies dans les campagnes, des anciens maîtres battus à mort, des enlèvements en pleine rue, des fosses communes. Pour elle, un quotidien harassant, la peur des mouchards, l'angoisse à cause de Serioja, les courses dans la ville à la recherche de lait, de pommes de terre et de pain. L'espoir de trouver un morceau de viande, pas le plus beau, ni le plus tendre. Elle n'est pas exigeante. Elle se contenterait d'un de ces morceaux qu'il faudra faire bouillir des heures pour l'attendrir et donner du goût au bouillon. Le retour à la maison avec des carottes, des pommes de terre, une ration de lait pour Irina, sans viande. Elle chauffe le lait et en donne une part à Alia. Il est vite bu. Il faudra donc repartir demain matin, encore plus tôt pour ne pas rater la distribution, montrer à temps ses tickets qui lui donnent droit à une ration supplémentaire. Pour un bébé nouveau-né et une fille de quatre ans et demi dont le père se prépare à partir au combat quelque part du côté du golfe de Finlande.

Lilia n'a pas voulu la blesser quand elle lui a montré la lettre de Pra, envoyée de Crimée. – *Boris m'a dit que la petite Irina à cinq mois était dans un état de maigreur affreux dû à la faim. Personne ne prête attention à ses pleurs. Il est totalement ébranlé par ce qu'il a vu. Il me l'a raconté sous le sceau du plus grand secret. Qu'en est-il ? Est-ce un délire de Boris sur le thème cauchemardesque de la cauchemardesque réalité ?*

C'était vrai, tout était vrai. Ce n'était pas un délire de son beau-frère, c'était bien « la cauchemardesque réalité ». Elle laissait Irina dans son lit avec un biberon et un chiffon qu'elle avait pris l'habitude de mâchouiller, tirait la porte derrière elle, et s'enfermait dans sa chambre avec Alia. Elles lisaient, écrivaient des poèmes à quatre mains, écoutaient les chants des Tsiganes dans le gramophone. Ils couvraient les pleurs d'Irina. Boris a surgi à l'improviste pour donner des nouvelles d'Assia et prendre de celles de Marina et des petites filles. Elle l'a emmené dans la chambre où dormait Irina.

Elle a eu honte devant Lilia qui pourtant ne lui a fait aucun reproche et lui a seulement dit avec sa douceur coutumière – Tu es fatiguée, tu es seule, Serioja n'est pas là, tu ne peux t'appuyer sur personne, laisse-moi t'aider.

Elle ne s'est pas justifiée, a laissé Lilia emporter Irina chez elle. Elle n'était qu'à quelques pas, au 16 de la rue Merzliakovski, elle viendrait voir sa fille, a-t-elle promis, et merci, merci Lilia, de ta gentillesse et de ta compréhension. Elle-même ne comprenait pas pourquoi elle aimait si peu Irina. Quelque chose en elle la mettait mal à l'aise. Son étrangeté, ses yeux vides, son apathie. Mais quoi ! Elle n'avait que cinq mois et elle aurait voulu déjà qu'elle ait le génie d'Alia ? Elle se réprimandait elle-même, s'adjurait d'aimer un peu plus Irina et un peu moins Alia. Mais elle ne pouvait aimer Alia ET Irina. – Que le Seigneur prenne en pitié la mère qui ne peut aimer deux enfants en même temps !

À l'été, Lilia a emmené Irina à la campagne, dans sa maison de Bykovo. Aucune date de retour n'avait été donnée.

Le temps était doux. Marina entraînait Alia dans de longues promenades. Elles marchaient vers la cathédrale du

Saint Sauveur ou le Kremlin, allumaient des cierges dans les églises et Alia se signait en hâte, les lèvres posées sur les icônes, marmonnant des prières comme elle le voyait faire aux vieilles femmes. Parfois, elles grimpaient au Mont des Moineaux par les allées bordées de fleurs des champs et de tournesols noircis, ponctuées de maisons en bois au toit percé par le tronc de jeunes chênes. Alia se glissait entre les planches des palissades et pénétrait dans les jardins abandonnés. Elle ramassait des fleurs qui avaient poussé au milieu des anciens massifs et, entourant sa main d'un foulard, elle cueillait des roses aux vieux rosiers qui n'étaient plus taillés. Elles faisaient un tour de manège à la foire, Alia sur un mouton et elle sur un lion. Elles tournaient lentement dans un bruit de ferraille et apercevaient au loin le Kremlin et le fleuve, les bulbes et les toits des maisons. Une rumeur sourde se perdait dans les arbres. Sirènes de bateaux, secousses métalliques des tramways, éclats de voix sur la berge en contrebas, cris des corneilles qui tournoyaient au-dessus des manèges et des vendeurs. Elle achetait un gobelet de fraises des bois qu'Alia dégustait une à une, les yeux fermés, avec la ferveur d'une communiante.

Lilia envoyait des lettres dans lesquelles elle racontait qu'Irina mangeait bien et grossissait. Elle invitait Marina à les rejoindre. Elle pourrait venir la chercher à Bykovo et séjourner quelques jours là-bas…

Marina déclinait l'invitation, n'osait dire qu'Irina ne lui manquait pas et qu'elle n'aimait pas la campagne. Trop d'arbres, trop d'herbes et des sentiers impraticables. Elle détestait les insectes, la chaleur, les vaches et l'eau croupie des mares en ces étés de grande chaleur, la rudesse des paysans et leur visage fermé. Et les après-midi interminables qui s'étiraient sans fin et plongeaient si tard dans la nuit. Elle aimait la pierre. Celle des fabriques, des monastères, des rues et des immeubles de l'Arbat.

Elle a aimé Taroussa pourtant. Les étés de l'enfance à la Maison des Sables, cernée de pins et de lilas. Le sorbier et les berges de l'Oka, et l'appel lancinant du vapeur *Ekaterina* sur le fleuve. La procession des Flagellantes à travers les vergers, leurs paniers emplis de baies. Les rangs de pommiers sauvages aux pommes si aigres que même les cochons au marché n'en voulaient pas, et tout ce rouge des étés de Taroussa. Fraises, cassis, framboises et groseilles. Aimait-elle la campagne alors ? Ou la Maison des Sables où elle séjournait tous les étés ? Ou seulement les Flagellantes, au visage d'ambre bruni sous leur foulard blanc ? Elles vivaient dans une maison au toit gris, enfouie sous la verdure d'un jardin tout embroussaillé de buissons en fleurs, de noisetiers et de framboisiers, derrière les clôtures de saules et de sureaux. Un royaume pour elle que les Flagellantes aimaient plus que les autres enfants de la Maison des Sables, plus qu'Assia, la préférée de leur mère et de la nourrice. Moi, je suis l'aimée des Flagellantes, se consolait-elle en s'endormant le soir. Elles auraient voulu la prendre avec elles. – Tu seras notre fille. Nous t'enfermerons dans notre maison. Nous t'appellerons Marie et tu cueilleras des cerises.

Elle n'avait pas peur, s'imaginait déjà en aube noire avec un foulard, troqués contre sa petite robe blanche de piqué et ses souliers à barrette.

Elle a encore souvenir – un souvenir de poussière, de thé noir et de sucre – de la fête des foins avec les Flagellantes. Les grands râteaux pour soulever et aérer le foin, l'odeur sèche et piquante, le thé servi dans une grande tasse colorée, et le sucre brisé en éclats blancs, posés sur un foulard, qu'elle grignotait à son aise, sans craindre les remontrances de sa mère ni son exaspération – *Marina va vomir, elle vomit tout le temps !*

Si Irina avait été un garçon, elle en est sûre, elle l'aurait aimé plus tendrement, elle aurait attribué son développement tardif aux petits garçons en général, alors qu'après le brio d'Alia…

Oh ! Mais pourquoi poser encore et encore la courte vie de ses filles dans la balance puisque le plateau penche toujours du côté d'Alia ! À deux ans et demi, elle dictait des lettres pour Serioja. À trois ans, elle récitait par cœur des vers de Lermontov – *Je languis, je suis triste… À qui tendre la main / Quand l'âme est en proie à l'orage ?* Elle chantait sans se tromper les paroles de *Maroussia s'est empoisonnée,* accompagnée par l'orgue de Barbarie. Et quel âge avait-elle quand, par une après-midi de grande tendresse, passée sur la peau de loup rapportée de Crimée et tandis que chantaient les voix tsiganes, elle s'était exclamée – *Marina ! Comme j'aime la grâce de votre âme !*

Plus tard, Marina lui a appris à lire avec Gogol, Dante, Perrault et Pouchkine, et lui a donné pour ses cinq ans son premier cahier, à la couverture couleur framboise, avec cette consigne : qu'elle écrive au moins une page tous les jours. Événements de la journée, poésie, brouillons de lettre, récits, impressions de lecture… Ce qu'elle voulait mais une page, proprement, en traçant des lignes pour écrire droit, sans jamais recopier – *Alia ! Celui qui orne, qui copie, qui reproduit le dessin d'un autre se dépouille lui-même et n'apprendra jamais rien !*

L'un de ses premiers récits s'intitulait *Ma mère* et commençait par ces mots – *Ma mère est très bizarre. Ma mère ne ressemble pas du tout à une mère. Les mères admirent toujours leur enfant et les enfants en général, mais Marina n'aime pas les petits enfants.*

Alia disait – *Marina ! Il y a des choses qui semblent très difficiles. Mais pour peu qu'on trouve le mot juste, c'est tout à fait simple.* Et elle-même se souvenait d'avoir écrit un jour ces mots, comme une règle d'éducation par elle édictée – *Si les mères disaient un peu plus souvent à leurs enfants des choses incompréhensibles, non seulement ces enfants comprendraient plus de choses en grandissant, mais ils agiraient aussi avec plus d'assurance. Il ne faut rien expliquer à un enfant, il faut l'ensorceler. Et plus le sens de l'incantation ensorcelante est ténébreux, plus elle pénètre en profondeur dans sa conscience, plus l'effet est absolu en lui.*

La liste est longue des fulgurances d'Alia. Elle les a notées, les a soulignées, s'en souvient par cœur. Ses carnets en sont remplis. – *Marina ! Tu ne sens pas comme j'ai envie d'être toi ! Marina ! Quand je suis avec toi, je n'ai rien qu'une âme, un cœur et des tripes, une espèce de houle me submerge. Marina ! Quand tu écris, c'est ta main qui trace mais c'est ton âme qui écrit. Marina ! J'ai un énorme chagrin dans l'âme, lequel, je n'en sais rien. Marina ! Je vous ai prise tout entière dans les bras de mon amour ! Marina ! J'ai mal au dos d'amour. Je ne peux pas vous dire à quel point un seul de vos cheveux me charme… Quand je mourrai, mon dernier sentiment et mes dernières paroles avant de mourir seront : « Je suis à vous, sur la terre comme au Ciel. »*

Le lundi de Pâques s'en est allé. Alia et Lilia doivent être arrivées depuis longtemps à Bykovo. Le noir enserre Marina. Nuit de poix derrière le carreau sali par la neige fondue et jamais nettoyé, nuit d'ombres dans le palais-grenier qu'éclaire à peine l'ampoule jaune de la lampe. Elle s'est assoupie quelques instants, le temps d'un rêve atroce. Elle est sanglée sur une planche de bois et un bourreau invisible s'apprête à lui sortir les veines du corps. Irina s'accroche à son cou et, au lieu d'un baiser, dépose sur ses lèvres un lézard palpitant et lui ordonne – Embrasse !

Elle a tout à fait froid maintenant avec une douleur vrillante dans le cou et les épaules. Elle entend des voix lointaines, venues de la rue. Elles ne sont pas pour elles. Il n'y a personne pour elle. La sensation de sa solitude est si vertigineuse qu'il lui vient l'idée de monter au grenier, là, tout de suite, en abandonnant ses carnets, le palais-grenier et son trop-plein de fantômes et de songes, et de chercher si un crochet n'est pas encore fiché dans une poutre, un de ces crochets utilisés du temps où l'on montait les sacs de chanvre à l'aide d'une poulie. Il serait si simple d'y faire passer une corde. – *Moi qui, plus que quiconque, mérite de mourir par le sang, je mourrai inévitablement dans un nœud coulant.*

Voilà que montent à son âme des vers anciens déjà et qui bercent sa douleur.

Elle a cerclé d'ombre
Mes yeux, l'insomnie
Tressé autour de mes yeux
– L'insomnie – une couronne d'ombre.

Il lui faut sortir, marcher au hasard des rues et de la nuit. De toute façon, elle ne dormira plus. Quelle heure peut-il bien être ? La lune est haute et le silence complet. Dans la cour, nul mouvement. Rien qui trahisse que l'on vit ici, et mange, et dort, et scie du bois et râle quand il faut monter de trop lourdes charges. Minuit ? Plus tard encore ?

Il est temps de fuir.

Dans ma ville immense c'est la nuit,
La maison dort : moi, je la fuis,
Les passants pensent : femme, fille…
Mais je ne retiens que la nuit.

Sur le trottoir, les peupliers sont deux bâtons, tracés au fusain noir, immobiles. Au loin, un pas décroît. Il était sonnant sur le pavé – bottes ferrées d'un soldat ? –, le voilà léger. Danger ? Elle ne craint pas la nuit, ni ses hôtes de passage. Elle l'aime au contraire à cause du silence et du ciel largement déployé au-dessus de sa tête, un vide immense dans lequel elle s'abîme, qui attire à lui par gravitation sa détresse, sa peur et ses insomnies.

Un pas au loin… C'était le début d'un vers. La suite ? Elle laisse derrière elle la rue Boris-et-Gleb, se dirige vers l'Arbat.

Il est bon de marcher dans la nuit, avec un léger vent qui maintenant s'est levé, et de recueillir sur ses lèvres un vers après l'autre. Elle accélère sa marche et le poème monte en elle.

Une cloche sonne. Dans ma main – une fleur,
Un pas au loin, mais il ne suit personne,
Une ombre là, et ce n'est pas la mienne.

Sur la place aux Chiens, une lumière est allumée à une fenêtre. Peut-être y boit-on du vin ? La lumière faiblit, tremble sur le linteau. Peut-être n'est-ce que la lueur de trois bougies, placées au chevet d'un mourant que l'on veille ? Ou celle qui éclaire deux mains liées dans un serment qui à l'aube sera déjà parjure ?

Aujourd'hui, je suis seule dans la nuit –
Magicienne sans logis et sans sommeil –
Aujourd'hui je possède les clefs
De toutes les portes de mon unique capitale.

Quelle ivresse de laisser monter les vers d'un poème enfui ! Sa voix et son cœur chantent dans la nuit. Ses semelles claquent sur le pavé. Quelqu'un sûrement, dans une autre rue, ou sur un balcon, écoute son pas et s'interroge à son tour. Là-bas dans la nuit... Un pas au loin... Une ombre qui n'est pas la mienne... Un autre insomniaque, un frère ou une sœur, aux yeux cerclés d'ombre, pâle, défait.

Consume-moi, soleil noir, ô nuit !

Elle est arrivée rue du Vendredi-Saint. Une lumière à la fenêtre d'un ami. Elle a oublié son nom mais elle est déjà venue ici avec Balmont. La porte est ouverte. Elle entre. L'appartement est plongé dans l'obscurité. Une lampe est allumée, posée sur une commode. Un voile la recouvre. Ils sont une demi-douzaine qui parlent à voix basse, à demi allongés sur le tapis ou adossés contre le canapé. Ils la saluent, l'invitent à s'asseoir.

Quelqu'un lui tend une tasse de thé. Elle allume une cigarette, se renfonce dans un coin de la pièce où un fauteuil est resté libre. Elle pense à Koktebel, à la maison de Max, baignée de soleil et de rires, elle riant plus que les autres, rayonnante, amoureuse. Par la grande baie, elle voyait les falaises tombant dans la mer, la plage de galets et la découpe noire du mont Karadag.

La vie s'est déployée pourtant
Où sont les jours dorés ?
Comme ils sont loin, Seigneur !
Seigneur, comme ils sont loin !

Là, dans cet appartement sombre, les voix chuchotent. Des rires jaillissent aussitôt réprimés, et elle croit qu'on rit d'elle, de sa robe terne brûlée aux manches par les braises, de sa besace déformée, de ses pieds nus dans des chaussures d'homme – ce sont celles de Serioja – de ses mains abîmées par les lessives et les corvées de bois. Mais elle rit elle aussi, et elle ne sait de quoi, et rit même plus fort que tous. Les visages se sont figés, croit-elle, et tous se tournent vers elle. – Mais qu'est-ce qui lui prend ! Elle lit la pitié dans leur regard. Elle voudrait fuir à nouveau dans la rue, fouler les trottoirs déserts, n'avoir à se confronter qu'aux errants de la nuit comme elle, et tant pis pour la peur, n'avoir au-dessus de la tête que le ciel étoilé et sentir autour d'elle les dures pierres des maisons et les arbres nus. Elle n'arrive pas à s'arracher au fauteuil, allume une autre cigarette, se brûle au thé qu'on lui verse, refuse le pain qu'on lui tend. La nausée l'envahit à cause des cigarettes fumées alors qu'elle a faim. La simple idée de manger lui soulève le cœur. Elle attrape son carnet dans sa besace, écrit – *Je suis absolument sans joie. Double vide de l'âme et de l'estomac. Personne ne m'aime. La faute ne m'en revient-elle pas ?*

Les hôtes se lèvent. Ballet d'ombres silencieuses, adieux et dernières paroles avant de se séparer et de se fondre dans la nuit. Il lui semble qu'elle flotte, immatérielle et émue. Elle se souvient d'un rêve. Une nuit d'un noir absolu, sans lumière et sans étoile, sans rédemption possible. La nuit moscovite. Et venant à sa rencontre, sur l'Arbat, des masques aux orbites creuses qui ne dissimulaient nul visage.

On la regarde, on la salue. Elle ne parvient pas à bouger. Quelqu'un toussote, dit qu'il est temps pour tous de dormir. Elle trouve enfin le courage de se lever, de sourire et de remercier d'une voix exaltée. Ses mots vibrent inutilement dans un silence gêné.

Elle refait le chemin vers la rue Boris-et-Gleb. Sa chambre est glacée, le grand lit vide. Le samovar est froid. Sur sa table, l'encrier est resté ouvert et l'encre a séché. Elle se maudit. Il est si difficile d'acheter de l'encre. Demain, au marché noir sûrement ou dans quelque bureau du palais des Arts, elle en trouvera, en volera s'il le faut, comme elle l'a déjà fait.

Elle n'a pas réussi à se lever. Elle a mille choses à faire pourtant ! Aller à la distribution, coudre un nouveau carnet et recopier des poèmes, rincer les chiffons, défaire les ourlets des robes d'Alia devenues trop courtes, nettoyer la sciure autour du poêle. Il ne sera pas utile de l'allumer aujourd'hui. Le soleil fait une grande tache de lumière sur le sol et réchauffe la pièce. Les poussières dansent dans les rayons. Au-dessus de sa tête, le cadre de la fenêtre dessine une croix sur le ciel.

La croix du cadre est fine.
Paix pour des temps éternels,
Et je crois que tout en haut
Je suis ensevelie dans le ciel.

Elle a écrit ces vers quand Alia et Irina étaient à l'orphelinat. Elle les redit à voix basse, les yeux fixés sur la fenêtre, la gorge serrée, une douleur lancinante dans la poitrine. La poésie du quotidien est sa seule consolation.

Éreintement de l'âme et du corps. Dégoût de tout, de la nourriture et du tabac, du café, de ses carnets et de ses rêves, de sa volonté en charpie. Elle reste sans bouger, allongée sous la couverture. Les heures passent. Semblant de dialogue avec elle-même. – Alors ? – Je crois que ça va.

Elle se réjouit qu'Alia ne soit pas là. Elle est heureuse chez Lilia et joue avec d'autres enfants. Elle redevient elle-même une enfant. Ordinaire. Bien sûr, elle délaisse la poésie et néglige son âme. Elle se livre à des jeux stupides, court en criant derrière les poules, piaille avec des filles au sujet d'une poupée ou d'un bout de tissu. Rien à redire. C'est peut-être mieux ainsi.

Il lui semble parfois qu'elle est devenue nocive pour Alia. Elle la harcèle avec son cahier, ses pages d'écriture, les livres à lire, les poésies à apprendre. Lui a-t-elle jamais laissé le choix ? – *Tu seras une beauté, tu seras une étoile. Tu es intelligente et envoûtante. Je crois en toi comme en mon meilleur vers !* promettait-elle à la toute petite Alia d'à peine un an et demi.

Le palais-grenier n'est pas un lieu pour l'enfance. – *Maintenant c'est le soir. Marina écrit. La lampe diffuse une lumière blafarde. Les souris grattouillent dans un coin, les escaliers grincent, les poêles s'allument. Le silence est sinistre,* avait rédigé Alia, un soir dernier, en guise d'exercice d'écriture.

Elle aurait voulu élever ses filles dans le jardin d'une église, ceint d'un muret de pierres sèches, au milieu des arbres et des fleurs, avec, au-dessus de la tête, des bulbes dorés et derrière la vieille porte en bois de l'église, foncée par le temps et la pluie – *le Silence, la Profondeur, l'Éternité.*

Que leur a-t-elle donné à la place ? Les combles, le linge humide pendu sur la corde en travers de la pièce, le poêle encrassé après tous ces hivers, qui enfume le palais-grenier et que personne ne viendra ramoner, le baquet d'eau froide qui sert à tout, le samovar bouché parce qu'elle a essayé d'y faire cuire du millet. Leur solitude. Pour Irina, déjà, l'indifférence, la négligence, et bientôt, l'abandon et la mort. Et sur ce palais dérisoire, planait l'imagination d'Alia, excessive, dérangeante – *Marina ! Notre maison : tous ces cahiers avec les vers et ces drôles de tableaux, et ces chiffons, et ces casseroles et ces guenilles, et notre conversation – tout cela me rappelle une scène que personne ne regarde, qu'on a cessé de regarder à tout jamais et qui vit de sa vie propre.*

Elle somnole, se réveille, se souvient de quelque chose de flou, d'un rêve, d'une parole. L'autre jour chez des amis, une poétesse lui a tiré les cartes. – *Quelque chose a été et s'est défait dans votre vie, peut-être provisoirement, quelque chose n'est pas clair…*

Elle a eu peur, n'a pas aimé cette femme. A-t-elle vraiment prononcé ces mots ? La réalité s'effiloche comme les rêves au réveil. Elle ne parvient plus à s'en ressaisir.

Cette prédiction… Quelque chose a été et s'est défait… Serioja ! Elle se redresse sur son lit, terrifiée. S'il n'est plus en vie, alors elle ne pourra plus vivre. Tout est si lourd, si compliqué, et elles sont tellement abandonnées, Alia et elle, des parias, étrangères à la vie que mènent les autres…

Elle fait souvent des rêves affreux à propos de Serioja, qui la réveillent et la tiennent éveillée jusqu'à l'aube. Un soldat erre dans une rue déserte d'une ville étrangère.

Elle lui court après, lui agrippe l'épaule – *Et Serguei Iakovlevitch ?*

Et le soldat répond d'un ton badin – *Oh, il est mort depuis longtemps. Il a été quatre jours en congé, et il est mort justement au cours d'un pogrom.*

Et cet autre rêve, n'était-il pas prémonitoire d'un malheur ? Un rêve de rendez-vous et de séparations. Elle voit Serioja devant elle, avec ses yeux magnifiques. Elle pourrait le toucher mais il s'éloigne. La voilà transportée dans une rue de Rostov. Elle court, croise des soldats qui s'envolent. Devant elle, le dos toujours plus lointain de Serioja. Elle hurle – Seriojenka ! Attendez-moi ! L'aube se lève dans Rostov déserté et Serioja a disparu.

Elle est seule dans Moscou qu'elle ne reconnaît plus, laissée-pour-compte au bord d'une vie dont elle ne comprend plus les règles, ni la logique, indispensable à personne, bienvenue nulle part… – *Un jour, je me laisserai séduire par un autre voyage… Et il se trouvera des amis pour dire : « Quel dommage ! Si nous avions su… » Mais aucun ne sera intervenu.*

Moscou, 27 février 1921, calendrier russe
Mon Seriojenka ! Si vous êtes vivant, je suis sauvée.

Trois ans que Marina n'a pas vu Serioja. Le 18 janvier 1918, il a rejoint l'Armée des volontaires à Rostov. Aucune lettre de lui n'est arrivée jusqu'à elle. Elle n'a jamais su s'il avait reçu les siennes. Deux messagers seulement en trois ans pour dire simplement : « Serioja est vivant et il vous salue. »

Alia avait cinq ans quand il est parti et Irina n'avait pas encore deux ans.

Alia a huit ans et Irina est morte.

Le 5 mai prochain, il y aura dix ans qu'ils se sont rencontrés sur la plage de Koktebel…

Un ami viendra en fin de journée. Il part pour Berlin, passera par Riga. Il recherchera Serioja. Peut-être apprendra-t-il quelque chose sur son sort, rencontrera quelqu'un qui l'aura croisé et saura s'il est vivant ou mort… À tout hasard, il emportera la lettre. Il ne promet rien.

Il y a trois mois, le 20 novembre 1920, au théâtre de Chambre, on donnait la première de *L'Annonce faite à Marie*. À l'entracte, un homme, écartant les rideaux, s'avance sur le devant de la scène et d'une voix forte proclame – La guerre civile est finie ! Les troupes de Wrangel sont défaites, les restes de l'Armée des volontaires jetés à la mer !

Silence dans la salle, puis un frémissement. Les fauteuils sont rabattus. Une clameur immense monte jusqu'au plafond. Tous, debout, entonnent l'*Internationale.*

Portée par le mouvement, Marina se lève aussi. Pétrifiée, incapable de se dégager de ceux qui la pressent de tous côtés, assourdie par le tumulte, elle pense avec épouvante – Serioja !

Elle est seule au milieu de cette foule qui rit et chante, et s'embrasse. Elle quitte le théâtre, court dans les rues enneigées et grimpe comme une folle l'escalier. Elle n'enlève pas son manteau ni ses bottes. Tout de suite, elle se met à sa table, se jette sur son carnet. Derrière elle la respiration régulière d'Alia endormie. Le poêle est éteint. Les vêtements qui sèchent sur le fil tendu en travers de la pièce projettent des ombres sur le mur. La lune dispense une clarté suffisante pour écrire. – *La vie s'en est allée. D'emblée je n'ai pas envie de vivre, pas en général mais sans lui.*

Cela fait des mois qu'elle ose à peine penser à Serioja et s'interdit presque d'écrire sur lui, par une sorte d'absurde superstition, à rebours de l'antique croyance qui voulait que nommer, c'était donner la vie. Tracer les lettres de son nom sur la page reviendrait à le coucher dans un cercueil. Maintenant, elle ne peut plus nier la plus que probabilité de sa mort.

Dans les jours qui ont suivi l'annonce faite au théâtre, partout où elle allait, elle entendait des récits sans faire la part des rumeurs et de la réalité. Le siège de Perekop, l'occupation de la Crimée par l'Armée rouge. Un million d'hommes. Face à eux, l'armée de Wrangel avec laquelle combat Serioja. L'évacuation de la Crimée et l'embarquement par milliers de civils et de militaires. Plus de cent bâtiments de guerre et navires marchands réquisitionnés dans les ports de Sébastopol, Yalta, Kertch et Feodossia. Ceux qui n'ont pu monter à bord ont tous été exécutés dans les derniers jours de novembre. On avance le chiffre de quinze mille officiers blancs fusillés. Elle entend tout, manque défaillir d'angoisse, se rassure parfois mais la peur reprend le dessus, et l'évidence : Serioja est parmi les milliers de morts.

Vous écrire m'est difficile, je vais le faire cependant car il y a un millionième d'espoir : si tout à coup ?! Les miracles existent bien !

Elle a vécu des semaines d'incertitude et de confusion. Un temps de poésie aussi, portée par l'effroi et les rêves horribles qui la réveillent en pleine nuit. Alors, elle se remet à sa table, compose fébrilement des poèmes. La Crimée bien-aimée et les villages du Don, et les Blancs et les Rouges, rougis de sang, blanchis par la mort, agonisant sur la terre de Russie, appelant leur mère d'une même bouche sanglante. La poussière des chemins et les champignons dans les ornières que personne ne ramassera, les fenêtres voilées, les cornouillers rouges, les corbeaux et le grincement des roues qui mènent les vaincus au charnier.

Elle laisse Alia seule de plus en plus souvent, quitte la maison au crépuscule et ne rentre qu'à l'aube. Ils se confondent dans son esprit. Le ciel est noir si tôt et le jour si lent à émerger des ténèbres qui s'appesantissent sur Moscou, et elle peine à les distinguer tant est grand son épuisement. Les journées s'éteignent les unes après les autres et avec elles l'espoir du retour de Serioja. Elle pense avec terreur que quelqu'un a peut-être déjà des nouvelles de lui, peut-être que beaucoup de gens en ont et pas elle...

Elle a recopié un poème ancien d'Alia, retrouvé dans son carnet, à la date du 4 juillet 1917. Alia n'avait pas cinq ans quand elle l'avait dédié à Serioja. Peut-être était-ce un mauvais présage ?

J'aime ainsi, en mourant
La mémoire vive que je laisse.
Mais je répondais :
Tu es mon frère, mon beau,
Aimes-tu donc la mort ?
Mais lui me répondait :
La mort n'est pas belle.

Vous écrire me terrifie, je vis depuis si longtemps engourdie dans une terreur pétrifiante, sans oser espérer que vous soyez vivant.

Par où commencer ? Raconter le quotidien ? Mais comment donner à ressentir, à éprouver, à saisir même ce qu'ont été ces années sans lui ?

Si vous êtes vivant, vous allez bientôt lire mes vers, ils vous permettront de comprendre beaucoup de choses. Ce recueil est pour moi sacro-saint, c'est ce dont j'ai vécu, ce par quoi j'ai respiré et tenu toutes ces années...

Le jeu de vivre avec Alia, joyeuses toutes deux, leurs promenades, les cierges allumés devant les icônes, l'émerveillement pour une branche de cerisier en fleur ou une boîte d'allumettes ramassée sur le trottoir, les poésies à deux mains, la lecture à voix haute, réfugiées sous la couverture, du *Merveilleux Voyage de Nils Holgersson*. Mais aussi sa vie de galérien, les corvées d'eau et de bois, les attentes interminables aux distributions et la déconvenue terrible quand il n'y a plus ni pain ni lait. La désespérance dissimulée sous une apparence insouciante. L'immense lassitude de vivre. Ces mots jetés en désordre dans les pages de ses carnets. – *Je ne sais pas comment vivent les autres, je sais seulement que, dix fois par jour, je veux ardemment mourir. Je n'ai pas d'avenir, pas de volonté, j'ai peur de tout. Quelle sensation de vide, quel dégoût de moi-même, quelle lourdeur, quelle absence de joie, de désir de quoi que ce soit !*

Si vous êtes vivant, je ne peux rien raconter : plus qu'à se prosterner, le front dans la neige !

Si vous êtes vivant – ce miracle est si terrible qu'aucun mot ne vaut d'être prononcé.

Ne rien raconter ? Ne prononcer aucun mot ?

Mais Irina… Mais la mort d'Irina…

Si toute chose est difficile à écrire, il lui est presque impossible d'annoncer la nouvelle. Pourtant, il le faut. Serioja ne doit pas l'apprendre par hasard, par un indifférent qui dirait – Les hivers ont été meurtriers. D'ailleurs, la petite Irina est morte. Vous le saviez, je pense ?

Seriojenka, l'année dernière, le jour de la Présentation au Temple, est morte Irina. Elles étaient malades toutes les deux, j'ai pu sauver Alia, Irina – non.

Que dire de plus ? Voilà des mois qu'elle n'a plus pensé à Irina. L'anniversaire de sa mort est passé sans qu'elle y prenne garde. Alia ne sait toujours rien.

Seriojenka, si vous êtes vivant, nous nous reverrons, nous aurons un fils. Faites comme moi : PAS de souvenirs.

Le fauteuil où dormait Irina a disparu depuis longtemps, les pieds et les accoudoirs brûlés dans le poêle et l'assise, car elle était en beau velours, échangée contre un collier d'ambre, fait de grains troués couleur de miel, comme en portent les femmes à la campagne. Les nids d'ange, vendus aussi. Elle a jeté ses vêtements. Ils étaient si sales, si usés qu'elle n'en aurait obtenu aucun argent. Elle a remisé au grenier la chaise où elle l'attachait quand elle sortait avec Alia, et jeté dans un panier d'osier ses jouets, le livre de comptines que lui avait donné Lilia pour ses deux ans et une serviette brodée par Nadia avec un petit chat qui lapait du lait dans une soucoupe. Il ne reste d'elle que les trois photos, prises chez le photographe de la rue Bolvanovka.

Ne pleurez pas Irina, vous ne la connaissiez pas du tout, pensez que vous avez rêvé.

Ne l'avait-elle pas rêvée elle-même ? Quelle réalité peut avoir une petite fille si tôt disparue, qui ne parlait pas, ne manifestait rien, ne faisait que crier, vous arrachait presque la nourriture des mains quand on s'approchait d'elle ? Donn'pomm' de terre, donn'pomm' de terre…

Ni pour votre consolation, ni pour la mienne, mais comme une simple vérité, je dirai : Irina était une enfant très étrange et peut-être même condamnée. Elle se balançait tout le temps, ne parlait presque pas. Rachitisme peut-être. Peut-être dégénérescence. Je ne sais pas.

Elle a hésité sur le mot « vérité ». Elle hésite aussi sur le mot « condamnée », tarde à l'écrire. Condamnée par quoi ? Par qui ?

Dieu seul connaît son cœur, et combien elle a éprouvé de douleur dans les jours de Pâques, il y a un an. Elle n'en parlera pas, ne relira jamais *L'Épopée de Kountsevo*, ne le donnera jamais à lire. Ni à Serioja ni à personne.

Elle se ment à elle-même quand elle prétend ne plus penser à Irina. C'est vrai qu'elle ne l'imagine plus jamais vivante, avec ses yeux gris magnifiques et sa voix si poignante quand elle chantait. Mais elle ne peut se défendre de la question lancinante qui revient aux heures d'insomnie et la laisse suffocante d'angoisse – Comment est-elle morte ? Je ne le saurai jamais !

Ne prenez pas mon attitude pour de l'absence de cœur. C'est, tout simplement, rendre la vie possible. Alia et vous, voilà tout mon bien.

Que lui dire d'Alia ? Qu'elle parle souvent de lui ? Qu'elle lui avait écrit ces mots dans une longue lettre jamais envoyée ? *– Il m'arrive souvent de vous chercher des yeux dans la chambre, en quête de votre visage vivant mais je ne rencontre que vos photographies. Pourtant quelquefois elles s'animent parce que je les regarde avec beaucoup d'attention. Il me semble toujours que vous allez émerger du coin sombre, là où se trouve l'orgue de Barbarie, vous et votre visage agréable et fin. Je vous garderai dans ma mémoire infiniment longtemps. Il y a au-dessus de moi un abîme de mémoire. J'aime beaucoup le mot « abîme », il me semble qu'il y a des gens qui vivent au-dessus de l'abîme et ne meurent pas dans la tempête.*

Alia se souvient de vous et vous aime passionnément, toutes vos façons, vos habitudes, comment vous lisiez un livre sur le Petit Poucet et la balanciez dans la chaise à bascule en lui soufflant : Tem-em-pête ! et comment vous mangiez des sucreries roses et faisiez du feu dans la cheminée... Elle se souvient de tout. Seriojenka ! Pour elle, il faut que vous soyez vivant !

La lettre est partie. Il ne lui appartient plus qu'elle soit lue par Serioja, ou brûlée au feu parce que l'ami messager ne l'aura pas retrouvé, ou aura appris qu'il avait été tué.

Elle a rêvé d'Irina. Ce n'était pas l'Irina habituelle, assise par terre, se balançant et marmonnant. Non ! C'était une Irina bien droite, dans tout l'éclat de ses yeux gris-vert, vêtue, non pas de la robe d'indienne maculée dans laquelle, sûrement, elle est morte, mais d'une robe cousue pour Alia à Feodossia, une robe rouge feu avec des petits volants.

D'une voix très claire – elle qui ne parlait pas ! –, elle avait récité une poésie.

Oh ! Vous les anges autour de l'autel,
Et toi, mère du petit enfant,
Je suis lasse d'être joyeuse !
Laissez-moi passer la nuit chez vous.

C'était quatre vers datés du 2 avril 1920, le mercredi de Pâques, et que Marina avait laissés en suspens. Lilia et Alia étaient alors à Bykovo. Irina était morte depuis deux mois. Elle était seule dans le palais-grenier et tenait, ouverts devant elle, ses carnets, relisant les pages sur Irina, sur Kountsevo.

La douleur avait commencé de creuser en elle ses chemins souterrains.

Moscou, 11 mai 1922. La « maison magique » est derrière elle. En se retournant, Marina aperçoit pour la dernière fois les deux peupliers.

Le cocher file à travers les rues familières.

– Signe-toi, Alia ! Nous disons adieu à Moscou !

Elle croyait n'avoir jamais assez de courage pour partir. Les autres partaient. Balmont, Volkonski, les Goldman… Pas elle. Nulle part. Jamais. Elle en mourrait.

De départ en départ, Moscou était devenu un désert, un cimetière. Elle se sentait comme une ombre qui visiterait les lieux où elle a vécu.

Sous le jour gris, si triste pour un mois de mai, elle accroche son regard à chaque arbre, à chaque façade, à chaque passant sur le trottoir. Elle regarde tout avidement. Pour la dernière fois.

Là, une femme est assise sur un tabouret de bois, avec, posés devant elle sur un châle, des bocaux de fruits rouges et des branches de réséda. Elle lui rappelle cette vieille femme à qui elle avait acheté un châle et qui, lui avait-elle avoué, n'était jamais allée au marché de Smolensk, pourtant si proche, et disant – *Je n'ai jamais aimé baguenauder !* Plus loin, un groupe de très jeunes soldats. Ils rient et se bousculent. Une autre scène encore, rue Povarskaïa, une jeune fille, vive, jolie, qui repousse un Garde rouge – *Comment ça flirter, si vous n'avez même pas prévu de pommes de terre !* Des enfants se poursuivent en criant et tournent autour d'une fontaine sans eau. Un homme fume en silence, les yeux levés vers une fenêtre fermée. Des palissades avec des affiches en lambeaux. Un kiosque miniature au milieu d'un jardin. Un marchand de tabac. Une voiture freine bruyamment. Passe un Tatare poussant sa charrette sur laquelle est jetée une somptueuse tenture rouge. Quelque part des cloches sonnent. Elle imagine – elle sait – la pénombre de l'église, les cierges fichés dans le sable, les femmes avec leurs foulards. Il est encore tôt mais à la gare de Briansk, la distribution de lait a commencé. Au marché noir, les porteurs de sacs ne sont pas encore repartis. Au palais-grenier, elle se serait servi un bol de café, aurait compté ses cigarettes, inspecté sa boîte d'allumettes, vérifié la cuisson de la soupe. Alia dormirait encore dans leur grand lit, sous la couverture bleue. Ou rêverait éveillée. – *Marina ! C'était un amour mais il était lointain, lointain, venu non pas du ciel mais directement de la fenêtre. Et en chemin, il a perdu toutes ses étincelles, tous ses baisers. Et il n'est resté qu'un grand feu blanc.*

Comme déjà Moscou lui manque !

S'en saisir une dernière fois par la poésie, ne pas céder aux larmes !

Sur ma ville, tout autour des nuages,
Dans ma ville, tout autour, des coupoles

Sur Moscou, sur ma ville ! Toute entière
Dans nos bras !
Dans ma ville de merveille,
De miracles et de paix,
Où même morte, je vivrai,
Toute en joie.

Dans le fiacre qui les emporte vers la gare, Marina relit pour la dixième fois la lettre de Serioja, déposée il y a une quinzaine de jours devant sa porte par une main inconnue.

Le miracle s'est produit.

Il est vivant. Il sera bientôt à Prague, puis à Berlin. Il les attendra.

Ma bien chère Marina, j'ai reçu aujourd'hui une lettre m'apprenant que vous êtes vivante et en bonne santé. Une fois la lettre lue, j'ai erré toute la journée dans la ville, fou de joie.

Il parle lui aussi de miracle. Leur rencontre, leurs retrouvailles imminentes, tout est miracle. Miracle de ces lettres qui leur sont parvenues, portées par des messagers, malgré les distances, les rails arrachés et les gares détruites, malgré la guerre qui gronde encore ici et là, et les exécutions qui ensanglantent les villes et les campagnes.

Sans vous, il n'y a pas de vie pour moi, vivez ! implore-t-il. *Je ne vous demanderai rien d'autre. La seule chose dont j'ai besoin, c'est que vous soyez vivante.*

Depuis leur séparation, il a vécu comme dans un rêve, écrit-il encore. Un rêve terrible dont il lui semble impossible de sortir. De sa vie, il ne peut rien dire d'autre. Il a perdu l'habitude d'écrire et même celle de parler. Il vit au jour le jour, ballotté avec les restes de l'Armée des volontaires. Gallipoli. Constantinople... Pour elle, il a tenu un journal. On lui en a volé une grande partie, celle qui lui était la plus chère, avec son paquetage dans un village du Don. Elle lira ce qu'il reste de ce journal et elle saura tout. Il s'excuse d'écrire si mal. Il est dans une chambre emplie de voix, de fumée et de bruits. Il n'y a pas de table, seulement des banquettes dures, un sol de planches mal rabotées, des fûts qui servent de poêle, des fils qui traversent la pièce auxquels sont accrochées les hardes des hommes. Alors, il écrit comme il peut, assis de travers, avec le fond d'une caisse de cartouches en guise de table.

Alia et vous, vous êtes ce qui me reste de plus cher. Que Dieu vous garde.

Il avait été affreux de refermer la porte sur le palais-grenier. Marina avait imaginé trier et ranger, et préparer les bagages de façon raisonnable. Emporter le strict nécessaire. Laisser à Lilia ce qu'elle ne pourrait garder et qui était précieux. Vendre le reste et en retirer de l'argent pour le voyage, pour l'installation à Berlin, pour l'inconnu qui la terrifiait. Elle se perdait dans son propre quartier. Comment aurait-elle su aller à Berlin… et même jusqu'à la gare de Vindavski !

Elle n'avait réussi qu'à créer un chaos invraisemblable comme si elle voulait non pas quitter le palais-grenier mais le détruire, ne laisser aucune trace de ce qu'avait été leur vie. La politique de la terre brûlée ! Ou plutôt de la mémoire brûlée. Elle avait jeté par terre, pêle-mêle, tous les objets de leur quotidien. La vaisselle, les casseroles, le baquet, la hache, les rideaux arrachés sans ménagement, les couvertures et les vêtements trop élimés, des gravures, des partitions et des disques, les albums de photos et les livres dont elle ne voulait plus – abîmés ou pas aimés, ou trop pesants à l'âme. Elle avait bourré le poêle de vieux papiers, de chiffons et de cadres éclatés. Il en était sorti une fumée âcre qui les faisait tousser et pleurer. Le sol était jonché de verre et de vaisselle cassés qu'elle écrasait en allant et venant, agitée, angoissée, indifférente au regard inquiet d'Alia et à son silence inhabituel.

Le souvenir serre trop aux épaules. L'instant venu, je ne cacherai pas mes larmes. Elle a écrit ces vers il y a longtemps, dans l'insouciance de sa jeunesse, pour un premier amour déçu et vite dédaigné. Comme ils résonnent différemment aujourd'hui ! Et qu'il est lourd le prix à payer pour retrouver Serioja !

Elle ne quitte pas seulement Moscou et le palais-grenier. Elle quitte la Russie. La Crimée. Feodossia et Koktebel. La sécheresse de l'été et des rochers dénudés, les sentiers où s'enfuient des chiens sauvages, l'odeur de mouton grillé et le blanc insoutenable de la chaux sur les façades au soleil de midi, les roses rouges. Le grand vent dans la tour de Max et de Pra, et le mugissement de la mer en contrebas. L'enfance d'Alia, *– petite ombre sur l'horizon immense !*

Elle ne retournera jamais à Taroussa. Elle laisse derrière elle l'Oka, les bancs de sable jaune et les nappes de brouillard sur les roseaux, les draveurs, les Flagellantes, leur maison disparaissant sous les saules et les buissons de sureaux, les colombes au-dessus des bulbes de l'église de la Résurrection et le sorbier.

Elle met pour toujours une distance infranchissable entre elle et le cimetière de Kountsevo. Elle abandonne Irina une ultime fois.

Aidée d'Alia et du fils d'Elizaveta Goldman, elle avait déposé les bagages dans l'entrée. Une malle avec ses manuscrits et leurs livres préférés, une valise, un plaid, un sac pour les bottes, la cafetière, le réchaud, la boîte à couture, l'encrier et une réserve de plumes, et un panier qui contenait les ustensiles de cuisine.

Elles s'étaient assises sur le lit pour accomplir le dernier rite. Prière silencieuse pour obtenir la grâce d'un voyage sans danger. Pour implorer le ciel que cet adieu à la Russie ne soit pas définitif et que les vivants restent vivants – *Fais, Seigneur, que tous ceux qui sont partis ne soient pas disparus !* avait murmuré Alia.

Le cocher s'arrête devant la gare de Vindavski. Il dépose les bagages sur le trottoir, hèle un porteur. Un commissaire militaire vérifie les passeports et tend un laissez-passer.

Elles sont sur le quai. Le train est déjà là.

Compartiment 24. Deux places côté fenêtre.

C'est fini.

Tout logis m'est désert, étrangère toute église,
Tout m'est égal, tout est pareil effacé
De ma mémoire, mais si sur ma route
Surgit un buisson et que c'est un sorbier…

Il est temps
D'ôter l'ambre,
De changer les mots
Et d'éteindre la lampe,
Au-dessus de ma porte.

Il fait plein soleil à Elabouga ce 31 août 1941.

Les gens se hâtent vers un champ à l'extérieur du village. Ils doivent participer au travail de déblaiement du futur aérodrome. Murr est parmi eux, avec Anastassia Ivanovna, la propriétaire de l'isba où il loge avec Marina depuis leur arrivée de Moscou, le 21 août.

Le mari, Mikhaïl Ivanovitch, est parti à la pêche.

Marina a dit qu'elle pouvait rester seule et qu'il ne fallait pas s'inquiéter pour elle.

Elle a refermé la porte derrière eux et obscurci la fenêtre avec le rideau bleu.

Elle s'est pendue dans l'entrée de l'isba.

Elle n'avait pas ôté son tablier, un tablier long et informe avec une poche dans laquelle elle avait laissé un carnet avec une couverture cartonnée grenat, incrustée de fleurs de lys dorées, et un crayon de bois rouge. Le menuisier qui a fabriqué son cercueil l'a trouvé et gardé pour lui.

Sur la table de la cuisine commune, une poêle avec du poisson grillé, son collier d'ambre et deux lettres.

Anastassia Ivanovna, qui était rentrée la première, a appelé un milicien.

Il est venu accompagné d'un médecin. Ils ont détaché le corps et l'ont déposé sur le lit.

Anastassia Ivanovna a fait sa déposition. Cette femme, Marina Tsvetaeva, évacuée de Moscou devant l'avancée des troupes allemandes, vivait chez elle avec son fils, Gueorgui, surnommé Murr, âgé de dix-sept ans à peu près. Ils se disputaient tout le temps. Elle pleurait, implorait de lui une réponse à ses atermoiements. Devaient-ils rester à Elabouga, s'installer à Tchistopol, poursuivre leur route vers Tachkent ? Lui criait qu'il ne voulait pas mener une vie de misère à cause de la bêtise et de la rigidité de sa mère, qu'elle était comme une girouette et qu'il ne l'aiderait pas à prendre une décision. Pas question que retombe sur lui la responsabilité de ses fautes grossières ! Qu'elle se débrouille toute seule !

Elle portait toujours ce même tablier et un béret gris. Elle fumait beaucoup, un peu plus nerveuse chaque jour. Quelqu'un lui avait parlé de faire la vaisselle dans une cantine pour les écrivains. Elle avait envoyé un billet pour solliciter la place et elle attendait la réponse. La plupart des évacués et des villageois l'évitaient, par peur, car tous connaissaient le sort de son mari Serguei Efron et de sa fille Alia, l'un et l'autre arrêtés par le NKVD pour activités antisoviétiques.

Quand un voisin entrait, elle essayait de lui vendre quelque chose, un bracelet, un réchaud, une boîte à musique... Elle faisait la même chose avec les passants dans la rue. Mais qui aurait acheté ça ? Ce n'était bon qu'à mettre au rebut et de toute façon, personne n'avait d'argent.

Anastassia Ivanovna précisa encore que cette femme semblait toujours accablée et trop fatiguée, ne serait-ce que pour cuisiner. Elle n'était même pas capable d'essuyer l'eau qu'elle répandait partout en se lavant les cheveux.

Murr a fini par arriver. Le médecin a voulu l'empêcher d'entrer dans la chambre mais il l'a repoussé et s'est tenu sur le seuil quelques minutes. Il a pris la lettre qui lui était adressée et a quitté la maison sans rien dire.

– Mourka ! Pardonne-moi. Mais si j'avais continué plus longtemps ç'aurait été pire. Je suis gravement malade, je ne suis déjà plus moi-même. Je t'aime à la folie. Comprends que je ne pouvais plus vivre. Dis à papa et à Alia, si tu les vois, que je les ai aimés jusqu'à la dernière minute, et explique-leur que j'étais tombée dans une impasse.

L'écriture était tremblée et irrégulière, avec des lettres de moins en moins lisibles et des lignes qui paraissaient s'écrouler vers le bas de la page. « Je suis gravement malade » et « j'étais tombée dans une impasse » étaient soulignés.

L'enterrement a eu lieu le 2 septembre, aux frais de la municipalité.

Personne, pas même Murr, n'est allé à l'enterrement de Marina.

« Si nous avions su qu'elle était si célèbre, nous serions allés l'enterrer bien sûr, alors que comme ça… » raconta plus tard la logeuse Anastassia Ivanovna à une amie curieuse de connaître les détails de l'histoire.

Personne ne s'est souvenu de l'emplacement exact où Marina avait été enterrée. « Quelque part dans la partie sud du cimetière de Petropavlovsk » fut le seul détail que Murr rapporta à Alia bien plus tard.

Le lendemain, décidé à retourner à Moscou et terrorisé par la perspective d'une traversée de la Russie en guerre, Murr tente de se rassurer dans son journal – *De quoi puis-je avoir vraiment peur ? Le plus difficile peut-être est à venir mais le plus terrible est déjà arrivé.*

À Orel, une ville moyenne au bord de l'Oka, à 370 kilomètres au sud-ouest de Moscou, Serioja est dans la cellule des condamnés à mort de la prison.

Son procès a eu lieu le 6 juillet 1941. D'autres accusés comparaissaient avec lui. Ils ont été fusillés entre le 28 et le 30 juillet.

Il attend. Pendant deux ans, il a alterné les interrogatoires de jour et de nuit, les tortures et les séjours dans l'hôpital psychiatrique de la prison des Boutyrki à Moscou. Le NKVD voulait lui faire avouer qu'il était un agent des services secrets français et qu'il avait des complices. Il ressentait une peur effroyable, souffrait de neurasthénie aiguë et d'hallucinations auditives. Il entendait des voix dans le couloir qui annonçaient son exécution imminente ou prétendaient que Marina était morte. Au matin d'une de ces nuits, il avait tenté de se suicider. « Trouble de l'esprit réactionnel aigu et psychose hallucinatoire chronique », avait diagnostiqué le médecin de la prison des Boutyrki.

Serioja est détruit mais il n'a livré aucun nom. Jusqu'au bout, il a tenu bon face aux officiers d'instruction. – *Je n'ai pas été un espion, j'ai été un agent honnête des renseignements soviétiques. Je ne sais qu'une seule chose : à partir de 1931, toute mon activité a été dirigée au profit de l'Union soviétique. Je vous prie de considérer mon cas objectivement.*

Cette dernière déclaration a été archivée sans suite. Le NKVD a produit des aveux qu'il n'a jamais faits. Sa signature sur le procès-verbal de ses soi-disant aveux est un faux grossier.

Cette dernière nuit d'août 1941, il a de nouveau entendu des voix. Elles récitaient un poème qu'il était seul à connaître avec Marina, croyait-il dans son délire. Il s'est mis à se taper la tête contre les murs, terrifié et hurlant. Effrayé et ne sachant comment réagir, le gardien l'a violemment frappé. Le médecin de la prison a été obligé de lui administrer un calmant.

Au début de septembre, les Allemands approchent d'Orel. Il faut évacuer la prison.

Les prisonniers sont emmenés dans la forêt de Medvedev. Un premier contingent de 157 prisonniers politiques est fusillé le 11 septembre. Un deuxième est emmené à la mi-octobre.

– *Le 16 octobre 1941, nous, soussignés, avons exécuté les condamnations à mort de 136 personnes, énumérées ci-dessous.*

Premier de la liste, Serguei Efron.

À Kountsevo, en ce dernier jour d'août, il fait humide dans les bois de sapins. L'orphelinat au fond de la combe est occupé par des soldats en convalescence. Le cimetière où repose Irina est abandonné. Il a été retourné et les ossements, remontés de la terre, ont été placés dans de solides sacs de toile.

Dans le nouveau cimetière, derrière l'hôpital, des hommes du village creusent une grande fosse. Ils veulent terminer le travail avant que le froid ne gèle trop profondément la terre. Quand ils auront fini, ils y jetteront les sacs et combleront le trou.

Au camp de travail de Rapkas, dans le nord de l'Oural, Alia est attelée à sa machine à coudre. Depuis le matin, dans l'immense salle qui sent la résine et la poussière, elle coud à la chaîne des pièces de tissu pour l'Armée rouge. L'atelier est au milieu d'un bois de bouleaux. L'été est bref dans ces régions et les feuilles jaunissent déjà. La saison des nuits blanches est passée. Les journées seront bientôt froides et obscures. Dans le crépitement et le bourdonnement des machines à coudre, elle entend une voix qui l'appelle. Elle répond en criant pour couvrir le bruit. Ses voisines la regardent, étonnées. De nouveau, son nom lui parvient, nettement prononcé. – Alia ! Alia ! Elle se retourne. Personne n'a bougé. Les machines continuent leur cadence dans le vacarme métallique. Et ainsi, plusieurs fois. Elle a cessé de répondre. Puis la voix s'est tue.

Elle s'est souvenue d'un rêve qu'enfant, elle avait fait dans le palais-grenier. Marina était morte et en mourant, elle avait dit – *Alia ! Dis une prière pour moi !* Alors, devant la tombe, elle avait récité – *Que Dieu garde ton âme. Ton âme est plus chère à Dieu que l'or et la vie.* Comme tout le monde pleurait, de sous la terre, Marina avait dit – *Ne pleurez pas, vous me faites encore plus mal.*

Au réveil, Alia avait raconté son rêve. – *Et toi, où étais-tu ?* avait demandé Marina et elle avait répondu – *Dans une profonde liberté. – Si je mourais, tu serais vraiment dans une profonde liberté ? – Non ! Puisqu'il resterait encore Serioja !*

Le soir, elle a écrit une lettre à Lilia – *Je vous supplie de me faire savoir si vous avez des nouvelles de Serioja, de Marina, de Murr. Depuis de longs mois, je ne sais rien d'eux et je suis follement inquiète. Je vous prie, je vous supplie de m'écrire, même s'il est arrivé quelque chose à quelqu'un. C'est toujours mieux que d'être dans l'ignorance.*

L'amertume de malheur, de tristesse,
Je l'avale avec mon eau, la mange avec le pain.
Elle existe cette herbe mauvaise,
Dans tes prés, ô ma Russie.

Sybille ! Pourquoi mon enfant
Doit-il avoir un tel destin ?
Pour lui – un destin de Russie
Pour lui – une vie de sorbier…

Le 28 juillet 1975, Alia fut enterrée au cimetière de Taroussa. Sa tombe était située sur une hauteur d'où le regard embrassait les alentours : les collines, le fleuve Oka, une église blanche dans le lointain. Ce mois de juillet fut très chaud et poussiéreux. Les champs avaient grillé sous le soleil et parmi les personnes qui se trouvaient au cimetière – des voisins et quelques amis venus de Moscou –, aucune n'avait réussi à trouver des fleurs pour déposer sur la tombe. Les marchands ne vendaient que des fleurs en plastique et des plantes vertes. Les couleurs criardes des unes et l'aspect maladif des autres ne convenaient pas à un enterrement. De plus, c'eût été faire injure à Alia que de lui offrir ces horreurs car elle avait aimé passionnément les fleurs. Il y en avait une profusion dans son jardin, des narcisses et des tulipes, du lilas et du jasmin qui montaient si haut qu'ils obstruaient la fenêtre de la pièce où elle aimait se tenir pour lire et pour écrire. Mais son jardin, cet été-là, était tout aussi assoiffé que les autres, et si quelqu'un avait songé, en se souvenant de son amour pour les fleurs, à aller en cueillir chez elle, il n'aurait trouvé que des tiges desséchées.

Alia avait été prise d'un malaise et s'était effondrée en pleine rue. Elle aurait pu se faire transporter à Moscou où les médecins auraient certainement mieux soigné la maladie cardiaque dont elle souffrait. Mais elle avait refusé de s'éloigner de Taroussa, de ses fleurs et de sa maison, et des paysages qui lui rappelaient l'enfance de sa mère.

Sur son lit d'hôpital, elle avait demandé qu'on lui apporte le livre qui était resté sur sa table de chevet et un bocal de cerises au sirop. La nourriture servie par les infirmières était mauvaise et elle voulait goûter un peu de son jardin. Le médecin autorisa tout, le livre, les cerises, la fenêtre ouverte sur la cour écrasée de soleil que pas un souffle d'air ne traversait, et les visites d'Ada, une des dernières amies d'Alia. Il savait qu'elle n'en avait plus pour très longtemps. Son cœur avait fini sa tâche. Voilà bien longtemps qu'il l'avait avertie. La vie dans les camps du Nord, sous des températures extrêmes et des vents violents, avait abîmé son cœur. Sclérose de l'aorte, usure du myocarde, trop de cigarettes, pas assez de repos.

Elle avait encore résisté deux ou trois jours et, le 26 juillet au matin, on la retrouva morte dans son lit.

Après l'enterrement, alors qu'au cimetière, deux hommes arrosaient d'eau la terre qu'avaient rejetée les fossoyeurs de part et d'autre de la fosse, car sinon il eût été impossible de recouvrir le cercueil sans lever d'irritants nuages de poussière, Ada proposa à ceux qui avaient fait le déplacement de venir boire une citronnade chez Alia. Ils étaient peu nombreux. Alia n'avait plus de famille à part Lilia, âgée et fragile, et Assia, plus jeune mais usée par les années de déportation, et ni l'une ni l'autre n'avait eu le courage de venir à Taroussa par cette chaleur. Elle n'avait jamais eu beaucoup d'amis et les plus chers d'entre eux étaient morts.

Ada avait préparé des galettes et un compotier de cerises en conserve. Il y avait, pour manger avec les galettes, des confitures de toutes sortes, faites par Alia avec les fruits de son petit verger, où l'on trouvait des rangs de groseilliers et de framboisiers, des cerisiers à griottes, trois pommiers, dont l'un très vieux avec une superbe frondaison.

Les invités ne parlaient pas beaucoup, intimidés de se retrouver dans l'intimité d'Alia. Ils savaient que sa vie avait suivi un cours chaotique, accumulé beaucoup de deuils et de pertes, et déjoué bien des promesses de bonheur. Ils connaissaient le chef d'accusation qui lui avait valu quinze années de déportation – « espionnage et activités antisoviétiques » – mais aucun d'entre eux n'y avait cru un seul instant.

En ce jour de son enterrement, ils éprouvaient une sorte de gêne à se trouver là dans cette simple maison de bois, dépouillée et de dimensions modestes, comme si tout à coup, et sans qu'Alia l'eût voulu, sa douleur était mise à nu, ses souffrances étalées à leurs yeux, même dans les objets d'apparence familière et banale – des livres en russe et en français, un portrait de Serioja, un gramophone et des disques très anciens, un samovar, une boîte à musique, un collier d'ambre, des tapis et un châle en cachemire jeté sur le divan. Ces objets appartenaient tous au passé, à des gens morts depuis longtemps et dans des circonstances tragiques. Même les photos semblaient être des photos de deuil. Le temps et les tribulations qu'elles avaient subies – c'était miracle qu'elles aient été retrouvées – les avaient rendues grises et leur avaient enlevé toute vie. Les plus gaies d'entre elles, prises à l'époque bénie des séjours en Crimée – Alia sur les genoux de Serioja, les excursions au pied du mont Karadag, les soirées chez Max Volochine – paraissaient couvertes d'une pellicule terne qui attristait les visages, éteignait les regards. Celles qui dataient de Berlin, de la Tchécoslovaquie et des différentes banlieues parisiennes où la famille avait fini par échouer semblaient être les traces d'une errance vers toujours plus de pauvreté et de solitude, et, pour Marina, de non-amour et de désespérance – *Quelque chose en moi s'est brisé. Je poursuis les jours et je suis contente quand ils s'achèvent. Peut-être parce que je n'ai absolument pas d'avenir, que tout a été. Qu'attendre ?* écrivait-elle quand ils habitaient à Vanves.

Posée sur une commode, une photo de Murr attestait sa beauté à dix-neuf ans, élégant avec une veste, une chemise et une cravate, le regard clair et l'arc de la bouche si semblables à ceux de Marina. Elle avait tant voulu un fils ! Elle l'avait tant rêvé – replet, robuste, remuant et braillard peu importe ! Sans l'étrangeté et la gloutonnerie d'Irina. Sans l'exaltation excessive et l'amour ardent d'Alia. Un enfant tout simplement... Ordinaire... Et c'était exactement ce qu'avait été Murr. Il s'était fait photographier dans un studio à l'intention d'Alia et son portrait était le seul d'où émanait une énergie vitale, un désir d'exister et d'être heureux. Ce n'était qu'un leurre. Sa vie fut aussi dévastée que celle des autres membres de sa famille.

Aucun des invités ne s'attarda. Ada rangea les confitures et partagea entre les voisins ce qu'il restait des galettes et des cerises. Demeurée seule dans la maison, elle fit la vaisselle, balaya le plancher, tira les rideaux et referma la porte derrière elle.

Lilia avait dit qu'elle viendrait plus tard, quand la chaleur serait moins accablante. Elle verrait à ce moment-là comment mettre la maison en vente et ce qu'il convenait de faire des affaires d'Alia.

Une semaine avant sa mort, Alia avait fait une promenade jusqu'à l'Oka, profitant d'une exceptionnelle fraîcheur de l'aube avant la touffeur suffocante de la journée, très mauvaise pour son cœur. Elle avait à peine pris le temps de boire son café et de manger une tranche de pain. Elle était impatiente de descendre le sentier qui menait au fleuve, de se retrouver face à l'eau, au milieu des hautes herbes et des roseaux. Elle connaissait chaque banc de sable, chaque arbre, chaque colline visible au-delà de la rive, ainsi que les prés et les villages, les bois de bouleaux et les forêts de trembles, et l'église blanche dont on apercevait au loin les bulbes. Petite fille, Marina avait aimé contempler l'Oka, les remorqueurs et les trains de bois. Elle avait eu peur des draveurs. Tout cela, Alia le savait parce qu'elle avait lu les carnets, connaissait chaque poème.

Que me font les ailes légères des anges
Mon paradis perdu est là, caché,
Sur le fleuve Oka voguent
Les trains de bois serrés.

– Taroussa, le lieu de mon âme, disait Marina. Taroussa où elle aurait voulu être enterrée comme elle l'avait écrit un jour – *Je voudrais reposer dans le cimetière des Flagellantes de Taroussa, sous un buisson de sureau, dans l'une de ces tombes avec une colombe d'argent, là où poussent les plus rouges et les plus grosses fraises des bois de la région. Et si cela n'est pas réalisable, si non seulement je ne peux y reposer, mais que ce cimetière même n'existe plus, alors je voudrais que, sur l'une des collines que les Flagellantes empruntaient en venant chez nous aux Sables, et nous en allant chez elles à Taroussa, on place une pierre de la carrière de Taroussa : c'est ici que voudrait reposer MARINA TSVETAEVA.*

L'ancienne propriété de la famille Tsvetaev a été détruite. De la Maison des Sables ne subsiste qu'un bout du jardin, devenu un square public planté de quelques pins. Le jasmin et le lilas ont disparu, et les allées sablonneuses sont recouvertes de goudron. Des hôtes d'autrefois, il ne reste plus personne.

De tous les membres de sa famille – Serioja, Marina, Irina, Murr –, Alia est la seule à avoir une tombe. Elle disait souvent ne pas croire à la disparition de ceux qu'elle aimait puisqu'elle ne les avait jamais vus morts et ignorait le lieu où ils avaient été enterrés – comme s'ils avaient été emportés au ciel par les vivants.

Marina est perdue dans un cimetière de Tatarie. Nul ne connaît l'emplacement de sa tombe. Une plaque a été apposée sur le mur du sud, là où Murr se souvenait vaguement qu'elle avait été enterrée. Il en est de même pour Serioja, jeté dans une fosse commune de la forêt de Medvedev. Il y a là aussi une plaque avec des dizaines de noms. Alia n'y est jamais allée, pas plus qu'elle n'est allée à Elabouga.

Murr a disparu en Lettonie en juillet 1944. Sa dernière lettre était datée du 17 juin 1944. Il écrivait qu'il était sur le front depuis le mois de mai et qu'il y régnait une accalmie d'avant l'orage. Aux dires des officiers, la bataille qui se préparait serait terrible. Il devait partir le lendemain au combat avec un fusil-mitrailleur que ses mains, trop petites, avaient du mal à empoigner. Il était persuadé qu'il était né sous une bonne étoile. Il sortirait, à coup sûr, vivant de cette guerre. Il terminait ainsi sa lettre – *Je crois en mon destin qui me promet pour l'avenir beaucoup de bonnes choses*. Bien sûr, il se trompait. Aucun bulletin officiel n'annonça qu'il avait été tué et il resta « porté disparu ».

Alia ne se fit jamais d'illusions sur son sort et plus que sa mort certaine, ce qui la faisait affreusement souffrir, c'était d'imaginer l'épouvante et le désespoir qui avaient dû le saisir quand il avait reçu l'ordre de monter à l'assaut.

Cela lui était insupportable, comme lui était insupportable ce jeu de cache-cache que le destin semblait inexorablement jouer avec les morts de sa famille.

Elle n'avait appris celle de Marina que le 13 juillet 1942 par une lettre de Lilia. Elle avait beau supplier de lettre en lettre qu'on lui donnât des nouvelles, même mauvaises, Lilia, Murr et d'autres qui savaient s'étaient tus pendant près d'un an, persuadés qu'elle ne supporterait pas la mort de sa mère alors qu'elle s'éreintait dans un camp de travail dans l'Oural. Personne ne lui dit que Marina s'était pendue à Elabouga. Lilia parlait d'une « brève maladie ». Alia l'implorait de lui dire quelle était cette maladie, quand Lilia l'avait vue pour la dernière fois et ce qu'elle avait dit, qui était auprès d'elle au dernier instant... Elle se heurta au silence, aux lettres qui n'arrivaient plus et elle n'apprit que des années plus tard ce qui s'était passé exactement. Elle vécut alors des nuits effroyables où elle revivait au profond de son âme la détresse de Marina, sa déréliction, l'esprit broyé par la vision atroce de sa mère pendue dans l'entrée d'une misérable isba, avec cette pensée lancinante – *Si je m'étais trouvée près d'elle, elle ne serait pas morte. J'aurais porté un morceau de sa croix et cette croix ne l'aurait pas écrasée. Comme autrefois à Moscou...*

De Serioja, elle savait que, comme elle et par les mêmes officiers instructeurs du NKVD, il avait été interrogé, battu et privé de sommeil pendant des mois à la Loubianka avant d'être exécuté d'une balle dans la nuque, au bord d'une fosse creusée dans la forêt de Medvedev, à l'automne 1941. Elle ne l'avait su qu'à son retour de déportation, près de quinze ans plus tard. Elle avait alors tenté de le faire réhabiliter en envoyant une lettre au Parquet de Moscou. – *Pour retracer dans les grandes lignes la condamnation de mon père, il faudrait écrire un livre entier. Tout était cruel, injuste, mensonger, inutile. Tout a commencé par la calomnie et s'est terminé par la peine de mort. Je vous prie d'étudier avec impartialité et justice le dossier de mon père. Même si c'est long, que cela se fasse !*

Il lui avait fallu encore attendre de nombreuses années avant que Serioja soit lavé de tout soupçon d'espionnage.

Pesante à sa mémoire, la mort d'Irina n'avait cessé de la poursuivre pendant des années. Marina ne lui avait pas dit tout de suite qu'elle était morte à l'orphelinat. Elle l'avait découvert un jour qu'elle était seule au palais-grenier. L'absence d'Irina l'intriguait et plus encore le silence de Marina à son sujet.

Elle avait fouillé un peu partout dans ses papiers et ses carnets pour tenter de découvrir une explication à la disparition d'Irina. Elle avait fini par trouver une inscription en marge d'un cahier dans lequel Marina avait recopié des poèmes. – *14 novembre 1919. Départ des enfants pour l'orphelinat. Maladie d'Alia (du 17 novembre 1919 jusqu'à la fin février 1920). Le 2 février 1920, la mort d'Irina – j'écris en français pour que l'enfant ne puisse pas comprendre.*

Alia connaissait les caractères latins. Elle avait déchiffré le nom d'Irina, mais n'avait pas compris le mot qui le précédait. Chaque jour, elle demandait à Marina la traduction d'un mot différent en français. – L'été. L'hiver. Le printemps. La nuit. L'aube… Au bout d'une semaine, elle se risqua – Et la vie ? Et la mort ?

Marina traduisit.

Voilà, c'était ce mot. « Mort ».

Irina était morte à l'orphelinat.

Irina qu'elle n'avait jamais défendue contre les enfants qui en avaient fait leur souffre-douleur.

Irina à qui elle répondait par d'affreuses grimaces quand, la nuit, se tournant et se retournant dans son lit, elle l'appelait en geignant.

Irina qui se tenait en équilibre en haut du grand escalier, moquée par une petite fille, et qui peut-être attendait que Marina remontât les marches pour venir la chercher.

Irina à qui elle n'avait pas dit au revoir.

Alia avait pleuré pendant des nuits en se cachant sous la couverture, et composé en secret un poème.

La tristesse et Irina ne me laissent pas de repos.

Tristesse, la nuit et Irina, la nuit.

Tristesse, le jour et Irina, le jour.

Quand enfin Marina lui avait annoncé la mort d'Irina, dans le compartiment du train qui les emportait à Berlin, elle s'était détournée vers la fenêtre, faisant mine d'admirer le paysage. Marina s'était étonnée à voix haute de son indifférence et n'avait plus jamais parlé d'Irina.

Sur le chemin de retour vers Taroussa, Alia fut obligée de s'arrêter plusieurs fois, le cœur battant, le souffle court. La pente était forte, le soleil montait dans le ciel et commençait à chauffer durement. Elle se dit qu'il lui faudrait renoncer à cette promenade au fleuve car la montée l'épuisait chaque fois un peu plus, et ce matin plus que jamais. Elle n'en avait pas été attristée. C'était un renoncement de plus qu'elle accepterait comme elle avait toujours tout accepté. Elle ne s'imaginait jamais sa propre mort. Elle ne la craignait pas, ne l'avait jamais crainte ni souhaitée. Ce matin-là, elle constatait simplement que la douleur au cœur qu'elle avait éprouvée pendant la marche ne faiblissait pas. Au contraire, elle lui faisait l'effet de se répandre en cercles concentriques dans sa poitrine. Elle avait la nausée, un léger mal de tête, une faiblesse dans les jambes qui l'obligea à s'allonger à peine arrivée chez elle. Il serait raisonnable d'aller chez le médecin ou de téléphoner et de lui demander de passer. Elle savait qu'elle ne le ferait pas. Elle en avait assez des médicaments et des conseils de prudence. Sa vie s'écoulait désormais sans à-coups ni efforts. Que ferait-elle de moins ? Elle était à la retraite. Les visites d'étrangers se faisaient plus rares depuis que les archives de Marina n'étaient plus en sa possession. Il ne restait rien de ce qui la concernait, si ce n'est quelques éditions de ses poèmes. Manuscrits, brouillons, carnets, lettres, livres dédicacés, tout ce qu'Alia avait réussi à rassembler, elle l'avait remis aux Archives d'État de la littérature et de l'art à Moscou, avec l'interdiction de les consulter et de les publier avant l'année 2000. Elle y avait joint le journal de son frère qui contenait des centaines de pages rédigées entre 1940 et 1943. Les pages antérieures avaient été arrachées et détruites par le NKVD.

Quand elle était ressortie du bâtiment imposant de la rue Vyborgskaïa, elle avait éprouvé une sensation de vertige si violent qu'elle avait été obligée de s'asseoir sur un banc. Depuis la mort de Marina, comme une obsession dévorante – et elle avait littéralement dévoré sa vie, ne laissant de place à rien, ni à personne –, elle avait tenté de recueillir et de mettre en ordre tout ce qui concernait sa mère et lui avait appartenu, de se remémorer dans quelle maison, et à quelle date et sur quelle table avaient été posées ces milliers de feuilles. – *Je le ferai par petits morceaux, par petits bouts, par miettes, par petits grains,* s'était-elle juré parce qu'elle se souvenait du cri de Marina, un jour dans le palais-grenier – *Oh Alia ! Comme j'ai peur que tu oublies tout ça !* Et sa promesse à elle – *Oh ! Marina ! Je me rappellerai chaque grain de poussière de souvenir !*

Elle disait qu'elle était la seule à pouvoir venir à bout de cette entreprise car elle connaissait Marina mieux que quiconque – de toute son âme et avec chaque goutte de son sang – et sans doute disait-elle vrai. Elle avait vécu à ses côtés pendant tant d'années, témoin enthousiaste de ses gestes les plus anodins, de la plus insignifiante de ses paroles, des heures sombres et délicieuses du palais-grenier mais aussi des heures de feu et d'exaltation qui préludaient à la composition d'un poème. Mieux que quiconque, elle l'avait toujours comprise, elle qui dédiait à cinq ans ces vers à sa mère :

Les salamandres dansent,
Et Marina pense :
Comme c'est bon de vivre dans le feu !

Et voilà, qu'assise sur un banc, seule, les mains posées sur ses genoux, inactives, l'esprit vide, elle se retrouvait orpheline de Marina une seconde fois. Elle ne pouvait croire qu'avait pris fin devant la lourde porte des Archives d'État ce harassant voyage qui l'avait tenue en vie pendant des années. Car vivre, malgré la volonté qui flanchait dans les longs hivers sibériens, lui avait été un devoir pour que ne disparaisse pas avec elle l'âme de sa mère.

Quand Marina avait fui Moscou menacé par les Allemands, elle avait laissé dans le coffre de Lilia, rue Merzliakovski, une partie de ses carnets, de ses brouillons et de ses manuscrits. Elle avait aussi déposé des photographies et des lettres reçues quand elle vivait en Tchécoslovaquie et en France. Poussé contre un mur et recouvert d'un mince matelas que l'on roulait dans la journée, ce coffre était tout à la fois un lit de fortune pour les hôtes de passage – Marina, Murr et Serioja y avaient dormi tour à tour, Alia aussi à différents moments de sa vie – et le réceptacle de ce qui restait de la famille Efron, débris d'un bateau naufragé, dont tous les passagers auraient été envoyés par le fond, et qui n'aurait épargné que ce coffre, arrimé au sol du couloir de l'appartement.

À Golitsyno, à Tchistopol, à Elabouga, partout où elle était passée pendant la guerre, dans l'affolement de l'évacuation, Marina avait abandonné ses sacs, ses valises, ses paniers, les confiant à des amis d'un jour ou les expédiant là où elle pensait qu'il existait un peu de sécurité, un semblant de stabilité. Les personnes disparaissaient, les valises et les sacs restaient sur la banquette d'un train, les trains s'immobilisaient sur une voie désaffectée, les gares étaient pleines d'évacués qui attendaient en vain leurs bagages. Ceux de Marina n'avaient pas échappé à ce désastre.

À Elabouga, Murr avait vendu les livres et les derniers objets de sa mère parce qu'il avait faim. Pour soixante-dix-huit roubles, il avait cédé les poèmes de Valéry et de Mallarmé apportés de France. Il avait aussi vendu les recueils que Marina lui avait dédicacés – « À mon fils ». Murr avait un peu hésité. – *Peut-être que je prise trop peu sa mémoire et tout notre passé commun ? Oh ! Je ne sais pas ! Il faut tout tuer et ressusciter. Il faut commencer une nouvelle vie ou retrouver l'ancienne. Il faut enterrer le passé,* avait-il écrit dans son journal. Puis, il était allé au marché acheter des brioches, des bonbons, des craquelins et des pommes de terre.

L'absurdité et le hasard avaient finalement présidé au destin des affaires de Marina, éparpillées dans toute la Russie en guerre. Peu à peu, elles avaient réapparu et elles avaient échoué à leur tour dans le coffre. Livres, albums de photos, manuscrits, cahiers de poèmes recopiés au propre, albums en maroquin, brouillons, carnets et journaux – ceux de Marina, ceux de Murr, ceux d'Alia… Tout était là.

Dès son retour à Moscou, en 1955, après huit années de camps et six années de relégation en Sibérie, dans le village de Touroukhansk, Alia s'était consacrée à la tâche gigantesque de mettre de l'ordre dans les papiers de Marina.

Dans la journée, elle quittait l'appartement et partait chercher du travail. Les portes ne faisaient que s'entrouvrir. Elle savait la peur qu'elle inspirait encore à cause de son passé et celui de sa famille. Après des années de solitude dans les camps, elle ne trouvait plus les mots ni les phrases, ne serait-ce que pour saluer, s'enquérir, remercier. Elle éprouvait constamment un mélange de honte et de colère à ressentir la pitié qu'elle inspirait, à déceler l'infime mouvement de recul devant son allure grossière, ses cheveux devenus rares, ses dents en métal et sa peau comme ébouillantée. À Touroukhansk, les froids de moins cinquante degrés certains hivers, le vent soufflant en rafales et les bourrasques de neige avaient tanné sa peau, devenue épaisse et d'un rouge brun. Une alimentation insuffisante, sans fruits ni légumes frais, des travaux dehors par tous les temps, l'eau glacée pour se laver et faire la lessive, les corvées de bois dans la taïga, tout cela avait fini par détruire sa beauté. Ne demeurait que l'éclat de ses yeux, très bleus et immenses qui suscitaient l'admiration. – *Et quels yeux elle a ! J'avais beau les regarder, je n'arrivais pas à les embrasser du regard !* avait dit un Français croisé à Feodossia quand Alia avait un an et demi.

Moscou, la ville de son enfance, qu'elle avait tant désiré revoir, la déroutait. Elle ne retrouvait plus les rues et les places familières que les bombardements et les travaux, les premiers ayant servi de prétexte au harcèlement sauvage des seconds sur les pierres anciennes, avaient métamorphosées. Elle était souvent obligée de faire de longs détours pour contourner un chantier qui barrait son chemin. Elle longeait des palissades sur lesquelles finissaient de s'effilocher des slogans, des affiches de théâtre ou de concerts. Il lui semblait qu'elle errait dans une ville inconnue où elle n'avait jamais vécu. Puis, au détour d'une rue inviolée, elle recevait en plein visage le Moscou de son enfance. Elle pouvait alors ressusciter d'anciennes impressions en fixant son regard sur une façade, un balcon de fer forgé, un réverbère, devant les quelques marches, à peine descellées, qui menaient à l'intérieur d'une église, ou sur le seuil d'une échoppe dont il ne demeurait qu'un volet de bois fermé.

De ses courses à travers Moscou, elle rentrait à la nuit tombée, épuisée et découragée. Elle ne voulait rien laisser paraître de sa fatigue et de ses déceptions pour ne pas attrister Lilia, ni alourdir l'atmosphère du petit appartement, qui avait hébergé tant de peines et d'angoisses. Lilia était paisible, presque taciturne, mince et la peau brune froissée, sous une couronne de cheveux blancs. Elle parlait peu, ne posait pas de questions. Elle ne commentait jamais les découvertes d'Alia dans le coffre, acceptait du bout des lèvres de donner quelques précisions, une date parfois, le nom d'une personne sur une photo ancienne. Alia ne lui en voulait pas, se disait qu'elle se protégeait ainsi de la douleur et tenait le passé à distance.

Elle attendait que Lilia s'endorme pour, sans faire le moindre bruit, sortir du coffre l'ensemble disparate que formaient les manuscrits de Marina. Elle déposait tout devant elle sur la table de la cuisine et restait là, jusqu'à l'aube parfois. Elle tournait les pages les unes après les autres, déchiffrait l'écriture de Marina et entendait sa voix, comme si elle était à nouveau là, vivante et non pas dans la terre d'un cimetière de Tatarie. Ses yeux lisaient les premiers mots et ses lèvres formaient la suite, récitaient le poème en entier, reconstituaient un récit. Elle aurait pu sentir sous sa paume le bois du bureau où Marina l'installait pour écrire les lignes qu'elle lui imposait chaque jour, éprouver encore le froid de la pièce et se réjouir du plaid posé sur ses épaules, voir au-dessus de sa tête le ciel à travers la fenêtre dans le toit, entendre criailler Irina dans la cuisine.

Elle croyait avoir épuisé toutes ses larmes. Il n'en était rien. Elle se mettait à pleurer silencieusement, écrasée de chagrin tandis qu'elle relisait, écrite de la main de Marina, leur vie d'autrefois, leur vie avec Serioja, Irina, avec tous les compagnons aimés et disparus.

Cette après-midi-là, la dernière passée au bord du fleuve, elle est demeurée longtemps à regarder couler l'eau, cette eau impassible, indifférente à la vie et à la mort de tous ceux qui s'étaient tenus à la place même où elle se tenait à son tour. Elle se souvenait des nuits sibériennes, balayées par les vents et criblées d'étoiles. Il lui semblait alors que le ciel se courbait vers elle pour l'attirer à lui, absorbant la lassitude de son âme et la fatigue de son corps. Ce n'était plus les ténèbres qui, tant de fois et en tant de nuits, l'avaient assaillie, lui laissant voir, avec une acuité surhumaine, la souffrance de Marina en cet instant où elle avait noué la corde à la poutre de l'isba. C'était une obscurité silencieuse et consolante dans laquelle elle se laissait engloutir, éprouvant au plus intime d'elle-même la beauté des astres et leur vaste mouvement au-dessus de la Terre. Dans ces moments, suspendus entre terre et ciel, Marina était là, proche d'elle, vivante.

Des années avaient passé mais voilà que sur les bords sablonneux de l'Oka et sous un ciel d'un bleu ardent, elle éprouvait cette même sensation. Marina était avec elle. Mais plus encore et peut-être parce qu'elle savait son cœur fragile, nullement à l'abri d'un arrêt brutal, il lui parut soudain qu'elle touchait enfin à la source créatrice à laquelle s'était abreuvée Marina dans son enfance, et une fois pour toutes. En cet éclatant matin de juillet, elle y buvait à son tour, non pour dérober quelque secret poétique ou se livrer à d'amères et vaines réminiscences de ce qui avait passé. Mais pour se réjouir et remercier le destin et les hommes, et Dieu peut-être, d'avoir pu remonter aux sources mêmes de la vie et de la poésie de Marina, c'est-à-dire à la source de sa propre vie.

– Alia ! Tu te souviendras de moi ?
– Oh ! Marina ! Je veux mourir avec toi.
– Nous allons vivre ensemble, Aletchka !
– Non, je veux mourir avec toi !

Carnet de Marina, 2 juillet 1917

Sources

La plupart des écrits de Marina Tsvetaeva cités dans cet ouvrage proviennent des publications de son œuvre aux Éditions des Syrtes, avec leur aimable autorisation.
Les poèmes cités ont été traduits par Véronique Lossky – *Poésie lyrique* (1912-1941), Éditions des Syrtes, 2018.
Les citations de Marina Tsvetaeva et d'Alia sont extraites des *Carnets*, publiés sous la direction de Luba Jurgenson, traduits du russe par Évelyne Amoursky et Nadine Dubourvieux, Éditions des Syrtes, 2008.
Les citations des pages 109 et 130 proviennent du livre d'Ariadna Efron, *Marina Tsvetaeva, ma mère,* traduit par Simone Goblot, Éditions des Syrtes, 2008.
Les extraits des pages 136, 137 et 153 proviennent du *Journal (1939-1943)* de Gueorgui Efron, traduit par Simone Goblot, Éditions des Syrtes, 2014.
Les citations des pages 138 et 148 proviennent du livre *Les Surprises de la Loubianka,* de Vitali Chentaliski, traduit par Galia Ackerman et Pierre Lorrain, Éditions Robert Laffont, 1996.

Sont également cités page 110 le texte de Marina Tsvetaeva, *Ma mère et la musique* in *Le Diable et autres récits,* traduit par Véronique Lossky, Éditions L'Âge d'Homme, 1995 et, pages 140 et 148, le livre d'Ariadna Efron, *Chroniques d'un goulag ordinaire,* traduit par Simone Goblot, Éditions Phébus, 2005.

Remerciements

L'auteur remercie le Baltic Centre for Writers and Translators, où ce livre a été écrit en grande partie, et plus particulièrement Lena Pasternak et Patrik Muscos, les Éditions des Syrtes, Irina Émélianova, Charlotte Jousseaume, Nina Kehayan, Véronique Lossky (+), Solange Pinton et Ersi Sotiropoulos.

Votre livre est fabriqué en France sur un papier certifié PEFC,
pour une gestion durable de la forêt.

Ouvrage réalisé par Cédric Cailhol Infographiste

Achevé d'imprimer en décembre 2023
par l'imprimerie Laballery à Clamecy.

Dépôt légal : janvier 2024
N° d'impression : 312455

ISBN : 978-2-8126-2547-3

Imprimé en France